Instantâneos de Anas

© 2024, Cristina Bresser de Campos
Todos os direitos reservados à Degustadora Editora e protegidos pela Lei 9.610, de 19.2.1998. É proibida a reprodução total ou parcial sem a expressa anuência da editora.

Esta obra foi revisada segundo o Novo Acordo Ortográfico da Língua Portuguesa, em vigor no Brasil desde 2009.

Direção editorial Melissa Velludo
Preparação de texto Elaine Christina Mota
Revisão Elaine Christina Mota e Melissa Velludo
Capa e diagramação Alexandre Guidorizzi
Apresentação Paulo Venturelli
Foto da autora Acervo pessoal

Dados Internacionais de Catalogação na Publicação (CIP)
(Câmara Brasileira do Livro, SP, Brasil)

Campos, Cristina Bresser de
    Instantâneos de Anas / Cristina Bresser de Campos.
    — Ribeirão Preto, SP : Ópio literário, 2024.
    154 p.

    ISBN 978-65-985571-1-9

    1. Romance brasileiro I. Título.

24-240168   CDD-B869.3

Índices para catálogo sistemático:

1. Romances : Literatura brasileira B869.3

Aline Graziele Benitez - Bibliotecária - CRB-1/3129

SELO ÓPIO LITERÁRIO

Degustadora Editora

E-mail: adegustadoradehistorias@adegustadora.com.br

INSTANTÂNEOS DE ANAS
CRISTINA BRESSER DE CAMPOS

1ª edição

Ópio literário

2024

O passado nunca está morto. Nem sequer passou.

- William Faulkner

Os loucos, os malditos, foram crianças, eles brincaram como você, acreditaram que o futuro lhes reservava coisas boas.

- Yasmina Reza

11	**Apresentação**
15	**Prólogo**
19	Ato 1
25	Ato 2
29	**Capítulo 01: A mar**
37	**Capítulo 02: Dia dos Namorados**
49	**Capítulo 03: Carol, o lugar onde habito**
53	**Capítulo 04: Dafne, a Rainha da Liberdade na Marechal**
59	**Capítulo 05: Tonho, o filho da Maria lavadeira**
67	**Capítulo 06: Carol, as cartas não escritas**
77	**Capítulo 07: Laura, a intérprete de Ana**
85	**Capítulo 08: Maria Luísa, a intérprete de Poliana/Paul**
97	**Capítulo 09: Mariana, as fases do luto**
101	**Capítulo 10: Doriana, os sonhos secretos**
107	**Capítulo 11: Juliana, a ratiana**
115	**Capítulo 12: Paul, por ele mesmo**
121	**Capítulo 13: Instantâneos de Anas, a estreia**
137	**Capítulo 14: A última carta**
145	**Capítulo 15: Enfim, lar**
150	**Agradecimentos e dedicatória**

Apresentação

O enredo de *Instantâneos de Anas* tem pulsão intrínseca e escorre num fluxo bom de ler, possui textura convincente e laivos bastante humanos. Os personagens estão muito bem estruturados, seja no plano físico, seja no psicológico. Eles têm vida própria, e, ao ler o romance, esquecia que estava lendo e me sentia convivendo com todo esse pessoal e suas intrigas. Às vezes, eu ria de suas empreitadas, às vezes ficava surpreso com suas atitudes, às vezes, vinham as perguntas: e agora? o que será deles? como desatarão estes nós? como terão força vital para continuar a ser o que são contra todos os padrões tidos como "normais" (a palavra "normal" para rotular um humano é a mais fascista das palavras)? como dançarão aos acordes de uma música que não foi composta para dançar, mas para dar um lastro de organicidade ao que são e ao que fazem?

Admirei os cenários de cada passagem, muito bem constituídos para que o romance flua de forma a encantar e convencer o leitor. Como o tema é polêmico, ou os temas o são, espera-se que o leitor fique de cabelo em pé com o fluxo narrativo, e isto é muito bom porque a arte existe para incomodar, para arrancar a casca da ferida e tirar os palermas de sua zona de conforto alienado, o que *Instantâneos de Anas* faz muito bem.

Joyce dizia que, após o leitor terminar um livro dele, deveria reiniciar a leitura porque a primeira passagem pelo livro o transformará e, assim, mudado, mais maduro, o leitor teria mais condições de se aprofundar no texto e entendê-lo melhor. Para mim, esse romance faz isto: traz agudos problemas que levam ao pensamento. São uma experiência "de vida" que aguça o olhar e dá vontade de ler de novo porque, enxertado pela visão do todo, eu tinha mais elementos para entender/reentender cada parte do que a autora narra.

Cristina Bresser é uma escritora madura, que está no domínio pleno do que escreve. Suas narrativas têm uma tessitura verbal nervosa, acalorada, rápida, sob a qual reinam o sarcasmo, a ironia, o humor noir. A autora manipula uma gama larga de temas e uma galeria de personagens muito convincentes, pulsando de vida e deverá prosseguir na certeza de que "Instantâneos de Anas" está muito bem alinhavado, com uma trama consistente e convincente, o que é essencial na literatura.

Paulo Venturelli, primavera de 2023

Prólogo

Festival de Teatro de Curitiba
Teatro da Reitoria, 10 de março de 2024.

Instantâneos de Anas

Quase monólogos em dois atos.

Escrito por Carolina Gonçalves Lima, em 2023.
Representada pela primeira vez no Festival de Teatro de Curitiba, no Teatro da Reitoria, em 10 de março de 2024.

PERSONAGENS:

ANA – *a filha mais velha*
JOANA – *a mãe*
POLIANA – *a primeira irmã*
MARIANA – *a segunda irmã*
DORIANA – *a terceira irmã*
JULIANA – *a irmã caçula*

ATO 1

O cenário é uma casa pobre, porém muito limpa, que abriga uma família disfuncional: pai, mãe e cinco irmãs. As atrizes se movem no palco, virando-se a cada fala. Ao término, congelam em suas posições.

(Ana entra calmamente no palco).

ANA

Sou a mais velha de cinco irmãs e estou cansada. Muito cansada. Lavo, passo, cozinho, varro, limpo, esfrego, arrumo, cuido, protejo, rezo, mal deito, levanto e começo de novo a lavar, passar, cozinhar, varrer, limpar, esfregar, arrumar, cuidar, proteger, rezar, enquanto a mãe fez cinco filhas e mais nada. Nunca mais, nada.

Na nossa casa, antigamente, não tinha televisão, minha mãe não se entendia com a tabelinha, e meu pai não entendia *hoje não, tô com dor de cabeça.*

Tá tudo tão quieto. Tão quieto, e eu tô tão cansada. Esse frio, janelas fechadas. Esse cheiro. Gás, será? Esse silêncio. Todos quietos. Milagre. Tô tão cansada. Vou dormir só um pouquinho. Só um pouquinho.

(Joana entra no palco com expressão contrariada).

JOANA

Pouquinho... se deixar, essa menina dorme o dia todo. Vive reclamando de cansaço, mal dá conta do serviço, não faz mais que a obrigação e, assim que eu viro as costas, ela cai desmaiada na cama. Duvido que reze uma Ave-Maria sequer antes de pegar no sono.

Ana, minha filha, acorda! Ana! Que cheiro é esse? Meu Senhor, o que foi que aconteceu nessa casa? Ana, não! ANA! NÃO. *(Grita com voz desesperada).* O que foi que eu fiz pra Deus levar a minha mais velha desse jeito? O quê, meu Pai? Eu, que sempre me sacrifiquei, que fiz das tripas coração pra criar direito as minhas filhas.

Eu, que sempre acatei e obedeci ao meu marido, que baixei a cabeça e tapei meus ouvidos quando vinham me fazer intrigas, me contar mentiras e tentar me colocar contra o pai das minhas filhas. Eu, que sempre fui temente ao Senhor, que rezo o terço todo dia, que faço jejum na Sexta-feira da Paixão, que tomo as cinzas na Quarta-feira de Carnaval.

Não foi à toa que recebi o nome de Joana. Desde que nasci, sou sua fiel seguidora, meu Jesus. Eu não merecia isso. O que vai ser de mim sem a Ana? Quem vai lavar, passar, cozinhar, varrer, limpar, esfregar, arrumar e cuidar da casa?

Valei-me Deus, como dói a minha cabeça.

(Poliana entra pisando forte.)

POLIANA

Dor de cabeça, tenho todos os dias. Minha TPM dura um mês.

Poliana é o caralho, nomezinho nada-a-ver de personagem de livrinho água com açúcar pra menina-moça alienada da porra. Se quiser que te responda, me chama de Paul. É assim que me chamam lá na oficina, tem tudo a ver com as minhas tatuagens, meus braços fortes e minhas unhas sujas de graxa, com muito orgulho.

Desde que eu era pequeno, a Ana implicava comigo por eu brigar de socos no colégio, por eu voltar pra casa com as minhas roupas rasgadas de subir em árvores e com as solas dos sapatos furadas por conta do futebol. Ela devia era se preocupar com a tonta da Mari.

Se bem que eu acho que a Dori e a Juju estão inventando aquilo sobre o pai; a mãe ia saber se fosse verdade. A Doriana é ingênua, se deixa enrolar pelas mentiras da Juliana – bichinha tinhosa.

Pensando melhor, a mãe sempre foi meio tapada, sei lá. Além de não saber fazer conta e se perder na tabelinha, lhe faltou criatividade pra botar nomes nas filhas junto com carne, feijão e absorventes lá em casa.

(Mariana entra no palco com as mãos ajeitando o cabelo).

MARIANA

Faltar absorvente numa casa com seis mulheres é previsível. Nosso varal é todo colorido, tomado por toalhinhas higiênicas, dia sim e o outro também. Fica até bonitinho. Feijão nunca faltou!

A Poliana é grossa e injusta. Também, o que se podia esperar de alguém com apelido de homem, que, além de usar coturno e cabelo de reco, ainda por cima arrota na mesa?

Eu só queria que sobrasse algum dinheiro pra poder comprar um perfume e dois batons. Se as visitas já comentam com a mãe "a Mariana é a mais bela das suas meninas", imagina se sobrasse um pouco pra vaidade. Aí, no lugar de apenas bela, eu seria, então, linda!

(Doriana entra pelo lado, olhando pra cima, com desdém).

DORIANA

"Linda! Eu sou linda! Não vê que, de todas nós, sou a mais linda?" Ai. Não sei o que é pior: a vaidade da Mariana ou a agressividade da Poliana. A mãe devia ter pulado da Ana direto pra mim. "Aqui tem Doriana,

Instantâneos de Ana

a gente logo vê, e os elogios, são todos pra você".

Passei minha infância escutando essa musiquinha idiota no colégio. Tinha uns meninos da minha sala que queriam provar a minha cremosidade, enquanto as meninas tornavam a hora do recreio um martírio, com aquelas vozinhas esganiçadas.

Ainda bem que tive a Ana pra me defender. Ao contrário da Poliana, que é só palavrão e bofetada, a Ana era toda sarcasmo e ironia.

Funcionou muito melhor com aquelas garotinhas inseguras, desistiram de me infernizar, só estavam buscando autoafirmação.

(Juliana entra já com as mãos na cintura e fazendo beicinho.)

JULIANA

Autoafirmação é objeto de luxo nessa casa, vale mais que doce de leite ou goiabada, no final do mês.

Com quatro irmãs mais velhas pra me dar ordens – e safanões quando tento me rebelar, a única coisa que é só minha aqui, é o meu nome, Juliana. Parecia que a Ana tinha prazer em berrar: "Juliana! Larga de ser teimosa e bicudinha, e vem já aqui limpar o cocô desse passarinho desgraçado que você inventou de trazer pra casa. Anda, que pelo jeito a Poliana entupiu ele de mamão só pra te sacanear. Eu não vou limpar mais isso também, tô cansada de ser a empregadinha dessa família. Vem logo, ou vou fazer uma galinha de cabidela com ele no jantar, duvida?"

Eu sei que a Ana não seria capaz de matar nenhum dos bichos que eu trazia pra casa. Ela falava assim porque se achava uma coitada, com a obrigação de cuidar de todas nós.

Mas se cuidasse direito, não teria mandado a Poliana me dar banho todo dia quando eu era pequena. "Juju, você quer ganhar uma bala? Então, deixa eu te dar uma lambidinha... assim, viu como é gostoso? *(Gesticula pra plateia.)* Agora faz igual em mim, vai. E se abrir a boca pra alguém, vai ficar sem os dentes da frente, prometo. E não tô falando dos de leite, entendeu, docinho? Assim, ai que delícia'".

Até o dia que ela precisou pendurar um piercing no mamilo direito pra disfarçar o buraco da minha dentada. Eu não fiquei banguela e, desde então, ela ficou na dela.

Hoje em dia, quando me falta dinheiro pra ração ou alpiste, dou um jeito de surrupiar algum da carteira da Poliana. Se ela desconfia, melhor ficar bem quietinha, ai dela.

Cresci amando os animais e desconfiando das pessoas, de todas as pessoas. Não chego nem perto do pai, não fico sozinha de jeito nenhum com ele.

A Mariana acha que é ela quem leva vantagem, mas eu sei que no fundo, ela sofre.

As cortinas se fecham com as atrizes congeladas em suas posições. Fim do primeiro Ato.

ATO 2

(Doriana descongela em movimentos lentos, olhando pro chão e, aos poucos, vai aumentando a voz.)

DORIANA

A Ju acha que só a Mariana sofre, diz que eu sou exagerada e que combino com meu nome: sou uma manteiga derretida. Ela fala que eu sempre corri pra barra da saia da Ana pra me proteger.

Quem sabe eu ia deixar a Poliana me "dar banho", como ela, ou ia "estudar a bíblia" com o pai, como a Mariana, enquanto a mãe ia pra novena toda quarta--feira – parece que ela saía de casa de propósito.

Eu prefiro passar a vida inteira sem desodorante e sem maquiagem, do que ser a queridinha do papai.

A Mari parece uma indiazinha ingênua, engabelada por presentinhos, espelhos e miçangas.

Prefiro os fedores honestos dos banheiros do colégio onde trabalho como servente.

Manteiga congelada, essa sou eu, daquelas em barra, bem dura, mas sem nenhuma culpa.

MARIANA

(Ajeitando os cabelos com as mãos, limpando o excesso de batom dos lábios).

Não tenho culpa se a mãe e o pai acertaram a mão – ou outras coisas – e me fizeram linda. Minhas irmãs sabem que eu nasci pra brilhar. Mariana é nome de atriz, de modelo, ou no mínimo, de uma esposa paparicada por um homem rico – e mais velho, de preferência, que saiba me valorizar com muitos presentes.

A Ana passou a vida cheirando a gordura, com as mãos grossas de tanto lidar com água sanitária.

A Poliana é quase um homem. Bonito, por sinal, pra quem gosta de mulher-macho.

A Doriana é feia e burra, só serve pra faxina, mesmo.

A Juliana, tadinha, tem cara de rato com aqueles olhos saltados. "Como se chama sua irmã caçula? Juliana, mas pode chamar de Ratiana que ela atende."

Queriam vir as quatro, juntas, enfrentar o pai, me defender dele. Eu disse que elas estavam ficando loucas, que aquilo tudo só acontecia na cabeça delas, que elas tinham era ciúme de mim com o pai, porque eu era a única que ele amava de verdade.

Minhas irmãs então me chamaram de puta, nem liguei. Sou esperta, nunca deixei ele enfiar na frente,

Instantâneos de Ana

tô me guardando pro meu noivo rico – ele vai chegar logo. E vou conquistar ele rapidinho, com o que aprendi estudando no livro sagrado do papai. Deus abençoe.

ANA
(Abruptamente.)

Ah, meu Deus! Mãe, cadê você?

Deve estar fazendo novena pra algum santo de causas impossíveis pro pai parar de beber ou pra ela parar de menstruar de uma vez – o milagre que vier primeiro, tá valendo. *(Depois de percorrer todo o palco, levanta a cabeça e grita pro céu)*

Mais fácil rezar e fazer promessa do que tomar atitude, né, mãezinha?

Acho que eu fui adotada, só pode. Me adotaram pra eu servir de empregada doméstica e babá não remunerada. Eu, Ana, a filha mais velha, a sensata, a gata borralheira e a escrava Isaura dessa senzala que eles chamam de lar.

Tô tão cansada. Preciso dormir só um pouquinho. Um pouquinho só. Tão cansada. Dormir, dormir.

(Ana vai escorregando devagar pro chão, as luzes diminuem e as cortinas se fecham.)

Capítulo 01
A mar

Instantâneos de Ana

Caiobá, 12 de junho de 2023

— Sabiam que os franceses chamam o mar de *la mère*? Pra eles, mar é feminino.

— Certo, Dafne, aí, então, ressaca seria o quê? TPM?

— Você sempre corta o meu clima, Carol. Relaxa um pouco, escuta, só: mar é feminino, calmaria é noite serena de amor sob a lua e, na manhã seguinte, os cacos de estrelas que surgem na areia são as sobras da paixão sideral. Gostou? Ah, não importa. E você, Tonho, o que você achou?

— Achei lindo, Dafne. E acho que tô apaixonado, não devia ter vindo com vocês duas pra praia. A Carol praticamente me obrigou a vir junto ontem, pra aproveitar que hoje é a nossa folga, não foi, Cacá? Mas já me arrependi de ter cedido à tua insistência.

— Melhor seria ter ficado em casa, esperando um convite que não vai chegar, né, Tonho? E enrolando a tua mãe, caso o Tadeu te ligasse, dizendo que ia jogar sinuca com ele. Sei. Até quando você vai posar de hétero pra tua família, hein, Tonho? Você devia me agradecer de ter te convidado. Concorda, Dafne?

— Acho que você tá precisando transar, Carol. Você anda muito tensa, meu bem. Deixa o Tonho em paz, a vida é dele. Ele vai contar que é gay quando quiser contar, assim como eu fiz, depois que finalmente consegui realizar a minha cirurgia de redesignação sexual.

— Boa, Dafne! Ouviu, Carol? Me deixa em paz, vê se arruma logo um pau amigo e vai ser feliz.

— Respira fundo, relaxa, amiga, vai dar um mergulho. Afinal, mar é a mãe que acalenta com suas águas ritmadas, ondulantes. Na praia, o tempo desacelera, amornado pelo sol e refrescado pela brisa marinha.

— Você me jurou que não tinha fumado um baseado hoje cedo, Dafne. Que pira é essa agora? Tô questionando o Tonho porque tô cansada de fingir que sou a namorada dele, não é justo com ninguém.

— Ah, dá um tempo com esse papo, Carol. Se quiser, eu digo lá em casa que a gente terminou, mas continua amigo. Pronto.

Nesse momento, Genésio, o vendedor de amendoim, se aproxima com dificuldade, anda na ponta do pé esquerdo, para compensar os centímetros a mais da perna direita. Tem os ombros calejados de carregar a cesta pesada de doces e salgados todos os dias na beira-mar.

— Lá vem o Genésio. Vou comprar amendoim salgado e convidar ele pra sentar ali na sombra um pouco, tomar uma cerveja comigo. Ele me contou, da última vez que a gente esteve aqui, que vai conseguir se aposentar no final desse ano. Tomara! Coitado. Ele me lembra meu pai.

— Boa ideia, Tonho, o Genésio merece uma pausa, é um dos ambulantes mais antigos dessa areia. Vou esperar pela Jane,

Instantâneos de Ana

dos picolés Rochinha, ela tem mais de mil e setecentas músicas na playlist, vou aproveitar e pedir pra ela colocar umas músicas do Abba, tô nostálgica hoje. Aí, quem sabe? Se você ficar boazinha até ela chegar, Carol, compro um sorvete pra você também. Vai te fazer bem um pouco de doçura na boca.

— Vai botar Dancing Queen pra tocar bem alto e aí vai sobrar purpurina nessa areia. Já tô vendo tudo, Dafne, agradeço tua oferta e dispenso, tô de regime, esqueceu? E confessa aí, vai? Você fumou um *beck* escondido, não fumou? Tá muito dramática pra estar careta.

— Puxa, parece que não tem mais espaço pra alegria ou pra romantismo no teu mundo. Que triste, Carol. Bom, a Jane tá demorando, e eu não tô a fim de ir lá pra barraca tomar cerveja com o Tonho e o Genésio. Vou aproveitar que a Dona Natália vem vindo e vou comprar logo uma coxinha, um quibe e duas empadinhas dela.

— Larica, é, Dafne? Onde você foi ontem à noite, depois que eu e o Tonho fomos dormir? Achei mesmo que tinha escutado um barulho na porta. Ah, tá bom, tá bom, não precisa responder.

Dona Natália, braços cansados de carregar o cesto de salgadinhos por trinta anos na praia, chega orgulhosa empurrando seu carrinho novo, acompanhada da neta adolescente. A menina segura uma sombrinha na mão esquerda e digita no celular com a direita, enquanto a avó manobra o carrinho na areia. A quituteira serve os petiscos escolhidos, cobra, dá o troco e retoma sua rota. A neta não levanta a cabeça da tela.

— Ué, cansou da sombra, Tonho? Genésio já foi?

— Já sim, Carol, tomou uma bera comigo e continuou seu caminho. Me contou que o Marcos, aquele gato de olhos verdes, foi proibido de voar por aqui, mas ele finca sua biruta na areia e decola com o paramotor de manhã. Duvido que os fiscais da prefeitura consigam aprisionar esse Ícaro algum dia. Tomara que ele apareça mais tarde.

— Ai, que inveja dele, Tonho. Poder voar, observar do alto os cardumes, invisíveis aos pescadores, segredo entre o homem-pássaro e a mãe-mar. Nós ficamos aqui na areia, protegidos por cogumelos coloridos de lona: o nosso, um cogumelo-corcunda, por sinal, entortado pelo vento de outros verões. Passamos o dia nos empanturrando de quitutes, observando as maria-farinhas e dando água e sombra aos cães sem-teto que aparecem na nossa barraca – são tantos aqui no litoral. Pra mim, são os verdadeiros capitães da areia. Adoro observar a alegria deles se esbaldando nas águas desse riozinho aí que desemboca no mar. Correm soltos, rolam na areia e latem, felizes, em mais um dia de sol. Ok, Carol, antes que você me pergunte de novo: eu NÃO fumei baseado nenhum.

— Sério, Dafne? Não rolou nada depois que eu fui dormir?

— Na real, eu tava sem sono. Resolvi dar uma volta no calçadão e, então, vi que tava rolando uma balada lá no Pico de Matinhos. Entrei só por curiosidade, aí fiquei de papo com uma galera, acabei aceitando um chazinho daqueles de Zebu. Acho que ainda não passou o efeito. *Sorry*, meu bem.

— Tinha certeza que você tinha saído de fininho ontem. E eu sei quando você tá chapada, fica toda poética, insuportável. Sabe do que mais? Tô ficando irritada com esse cenário perfeitinho, sem uma nuvem pra quebrar a monotonia, mar calmo, brisa fresca e pele quente, parece até que sou obrigada a ficar feliz aqui.

— Eu também já tô ficando cansado dessa praia.

— O que vocês acham de a gente voltar mais cedo pra Curitiba? Aquele cinza grafite quase eterno no céu e na cara das pessoas vai combinar melhor com o meu humor hoje.

— Demorou, Cacá.

— Odeio o Dia dos Namorados. Odeio. Não tem pra onde fugir. Essa obrigação de estar apaixonada e de ser correspondida

Instantâneos de Ana

me mata. Vamos embora, gente?

— Bora. Quem sabe ainda dá tempo de eu ligar pro Tadeu, como quem não quer nada. Numa dessas ele me convida pra sair hoje.

— Sonho teu, querido. Nem eu, que ainda estou meio altinha com aquele cogumelo, acredito nisso. Ok, Carol, se você tá a fim de curtir sua depressão sozinha e de pijama, tudo bem, o carro é teu, a gente tá de carona. Mas só saio daqui se você topar ir almoçar em Morretes, no caminho de volta. Ando louca de desejo de comer barreado e, antes que você insista, Carol, não tem nada a ver com larica, viu?

— Barreado, boa ideia. E faço qualquer coisa pra poder voltar depois pra minha concha, ficar deitada no sofá de pantufas assistindo a um filme de terror, de preferência. Vamos embora, Dafne. Vamos, Tonho.

— Aleluia.

Capítulo 02
Dia dos Namorados

Instantâneos de Ana

Morretes, 12 de junho de 2023

— Esse bistrô ao ar livre é um dos mais caros aqui em Morretes, Carol. Tudo bem pra você que é gerente de loja de grife, mas o Tonho é só um vendedor lá, e eu não faturei quase nada esse mês no salão.

— SÓ um vendedor, não, né, Dafne? Não precisa me humilhar. Mas concordo contigo, esse lugar é caro, e esse mês as vendas estão fracas mesmo. Tá devagar no salão, também?

— Começa a esfriar, e o povo para de sair à noite, deixa de fazer mecha, escova, maquiagem, sabe como é. Vamos buscar um restaurante mais em conta, por favor, Carol.

— Fica tranquila, Dafne, estou convidando. Apesar de ter ficado de mau humor lá em Caiobá, por causa da data romântica hoje, me traz más recordações, vocês sabem, tenho uma novidade incrível pra dividir com vocês. Estou me segurando desde que saímos de Curitiba pra contar.

— Finalmente, você arrumou um bofe, é isso, Carol? Não, claro que não é. Se fosse, você estaria muito bem-humorada e, provavelmente, estaria com ele hoje, né? Conta logo.

— Vamos sentar e fazer os pedidos que então eu conto, Tonho. Só não vou poder brindar com caipirinha já que estou dirigindo. Mas vocês dois bebam o que quiserem. Temos um excelente motivo pra comemorar.

— Nossa! Fico até emocionado. Você não é tão mão aberta normalmente. Bom, vou pedir uma caipirinha de morango e um prato de camarão já que você vai bancar.

— Bicha pobre não pode ver melado, né, Tonho? Vim pra comer barreado, o prato dá pra duas pessoas – podemos dividir, Carol. E vou brindar, seja lá o que for que você tem pra celebrar, com uma caipirosca, por favor.

— Ah, bicha pobre é feio, hein, Dafne. Sou uma bicha em ascensão!

— Puxa, que belo dia de sol nesse outono pra estarmos os três juntos, de folga, nesse lugar mágico, rodeado de árvores, flores e pássaros brilhantes.

— Quanto tempo dura a vibe desse chá de cogumelo, Dafne? Relaxa, tô só brincando contigo, adoro a energia daqui também.

— Vai contar ou não vai, Cacá?

— A novidade que tenho pra contar é que, finalmente, depois de ter trabalhado tanto pra me sustentar aqui em Curitiba e poder cursar a faculdade de Letras à noite, de ter frequentado tantos cursos de escrita criativa oferecidos pela Biblioteca Pública e pela Fundação Cultural e de ter passado tantos fins de semana trancada em casa escrevendo, vendi meu primeiro roteiro pra uma companhia teatral super bem conceituada.

— Viva! Será que eu vou herdar teu cargo de gerente? Me

Instantâneos de Ana

dá uma recomendação antes de sair da loja, Carol. Trabalhar em shopping é um inferno, ao menos o salário de gerente vai compensar.

— Nossa, Tonho, você não consegue nem disfarçar teu interesse. Que coisa feia. Devia era estar vibrando de felicidade pela Carol, não cobiçando a posição dela. Conta pra mim, Carolzinha, qual é o roteiro?

— Eu tô feliz, Dafne. Por ela e por mim.

— Quando vai ser encenado? Conta, conta tudo, tudinho, tô morrendo de curiosidade. Puxa, que felicidade, tua peça vai fazer o maior sucesso!

— Obrigada, minha amiga do coração. E eu nem ligo pra esse lado interesseiro do Tonho, viu Dafne? No fundo, sei que ele me ama, né, querido? E vai amar mais ainda, depois que souber de tudo.

— Vou virar gerente e receber um belo aumento. Yes!

— Nem se anime, rapaz, que não vou sair daquela loja tão cedo. Ou vocês acham que, aqui no Brasil, alguém consegue viver só de dramaturgia?

— Te amo como uma irmã, Carol, ainda bem que você sabe. Mas, se não vou virar gerente, o que é que eu vou gostar tanto nessa história?

— Minha peça teatral, "Instantâneos de Anas", vai ser encenada no próximo Festival de Teatro de Curitiba, no primeiro trimestre do ano que vem. As apresentações serão no Teatro da Reitoria, que tem capacidade pra setecentas pessoas. O diretor quer que eu participe dos ensaios e das apresentações, como consultora convidada. E eu indiquei você, Tonho, como cenógrafo e figurinista. E você, Dafne, como maquiadora e cabelereira do elenco. Sabe como é, né? Produção através de lei de incentivo à cultura, orçamento enxuto, cada profissional vai desempenhar duas ou três tarefas diferentes pra poder viabilizar o espetáculo. O mais importante é que ele topou contratar os dois. O assistente de direção vai entrar em contato com vocês na próxima semana e definir o calendário, honorários, custos de equipamentos e materiais e pra já assinarem os contratos.

— Jura, Cacá? Não tô acreditando, meu Deus. Escutei tanto desaforo do meu pai quando passei na faculdade de artes plásticas, me chamou de vagabundo, maconheiro, insinuou que eu era viado. Só não me botou pra fora de casa porque a minha mãe, entre uma trouxa de roupa e outra pra lavar, bateu o pé e não deixou. Pelo pai, eu não iria mais me fartar da comida que ele bota na mesa todo dia a custo do seu suor na linha de montagem, trabalhando naquele inferno que é o setor de solda. Ele sonhava que eu estudasse engenharia mecânica e fosse trabalhar na mesma montadora. Queria esfregar o diploma do filho na cara dos chefes de produção. Agora, vai poder se orgulhar de mim, nem que seja um pouco.

— Claro que ele vai se orgulhar de você, Tonho, e a tua mãe vai ficar nos céus. Quem sabe, depois dessa peça, você deixa de ser um "discreto, sem local" nesses aplicativos de encontros que você usa e consegue ir morar sozinho?

— "Discreto, sem local", de onde você conhece esse termo, hein, Dafne? Isso é gíria de aplicativo gay!

— Não me incomodo de pentear, maquiar, até servir cafezinho pro elenco se precisar, Carol. Nem sei como te agradecer a indicação. Vai ser uma honra poder trabalhar com maquiagem artística e *coiffure* para atores e atrizes, conviver naquele ambiente mágico do teatro, além de ser uma tremenda promoção do meu trabalho. Minhas clientes no salão vão triplicar. Gratidão, irmã do coração.

— Eu tinha certeza que vocês iriam ficar tão felizes quanto eu. Vai ser um sonho realizado pra nós três. Oba, a comida está vindo.

— Não vou dividir esse meu bobó de camarão com ninguém. Me dá aqui essa travessa.

— Segura direito, Tonho, vai derramar.

— Merda. Mas que merda. Molho de merda. Logo na minha calça branca? Isso de novo? Ah, não. Puta que o pariu, mas que bosta. Merda!

— Toma aqui esses guardanapos, anda. Você não tem muita sorte com calças brancas. Lembra aquele desfile da marca, quando a gente te conheceu, Dafne?

— Como esquecer o banho de champagne que ele deu na própria calça, branquinha como essa? Parecia que tinha se mijado, entrou no camarim passando por cima das modelos, me pedindo um secador emprestado pra tentar minimizar o desastre.

— Era uma calça da grife, novinha, que eu tinha comprado com desconto pra funcionário, e era a Carol quem carregava um espumante carésimo. Tropeçou numa emenda do piso e me acertou em cheio. Tive que jogar a calça fora.

— Não foi assim, Tonho, você escorregou e caiu sentado. Derramou quase todo o vinho na sua calça. Lembro que fiquei torcendo pros nossos patrões não descontarem o valor da bebida do teu salário.

— Vocês duas estão enganadas. Isso se chama surto coletivo, mas tô sem tempo pra discutir agora. Vou correndo no banheiro jogar água e sabão na calça pra ver se me livro desse molho horroroso.

— Deixa pra lá, Dafne, a gente sabe que o Tonho tem dificuldade de assumir culpa ou responsabilidade. Mas vamos mudar de assunto, que ele logo volta pra mesa.

Um casal de mulheres entra no restaurante e se senta na mesa detrás da deles – o vínculo entre as duas é palpável. Pela camisa jeans de mangas curtas abotoada até o pescoço, pela calça sóbria, pelo corte de cabelo estilo militar e, principalmente, pela postura rígida da mulher que se acomoda atrás da Dafne, fica evidente que é ela quem domina a relação.

— Ei, Carol, Dafne, disfarcei bem a mancha na calça, não acham? Pelo jeito, essa aqui, vou conseguir salvar. Viram essas duas que se sentaram atrás de nós? Vocês estavam distraídas, mas reparei nelas quando voltava do banheiro – sinto de longe o cheiro de couro.

— Nem dá mais pra perceber a mancha, fica tranquilo. Essa, você não vai precisar descartar. Nós vimos as moças, sim, a maneira de uma delas se vestir e se portar como um homem se chama "desfem", Tonho, vem de desfeminilizada. Mas logo você, discriminando lésbicas? Que vergonha.

— Ai, Dafne, você sabe que eu falei de brincadeira.

— E não estávamos distraídas, fazíamos planos pra peça. Mas fica quietinho agora, quero prestar atenção no papo, já que tô de costas. Só consegui ver que a garçonete tentou se aproximar delas com os cardápios, mas foi repelida por um gesto brusco da mulher de cara fechada.

A namorada estava irritada, falando alto:

— Nós viemos aqui comemorar o Dia dos Namorados, Samira, e eu tô morrendo de fome depois de horas nessa estrada movimentada.

Chamou a garçonete novamente e pediu um barreado acompanhado de uma cerveja. A parceira alegou estar sem fome. Assim que a moça se afastou, continuaram a briga.

— Você pediu cerveja pra me desafiar, foi, Marcela? Não bastasse esse vestido curto e decotado, esse batom vermelho e essas sandálias altas? Não sabe que, aqui em Morretes, as ruas são calçadas por pedras e as pessoas se vestem de maneira casual? Você

Instantâneos de Ana

está fazendo tudo isso pra me provocar? Você sabe o quanto desprezo comportamentos vulgares.

— Você me acha vulgar? Faz quase quatro anos que estamos namorando e você ainda tenta mudar a maneira de eu me vestir, tenta controlar o que eu bebo, o que eu como, implica com o tom da minha voz, com as minhas risadas, com as minhas amigas, e principalmente, com a minha alegria de viver. Já me chamou de burra algumas vezes, na frente de conhecidos e de estranhos, inclusive. O que você quer de mim? O que você quer afinal, permanecendo comigo?

— Quero que você...

— Ainda não terminei de falar, Samira, tenha ao menos um pouco de educação.

— Eu sou educada. Se não fosse, já teria te deixado aqui, discutindo com o teu copo.

— Vou perguntar de novo: o que você quer de mim? Quer que eu me torne uma pessoa árida, morta como a paisagem semita de onde sua família emigrou? Se queria uma mulher submissa pra cozinhar teus pratos favoritos, habilidade que sua mamãezinha domina, lavar sua roupa e recolher o lixo do banheiro com os seus tampões ensanguentados, você devia contratar uma empregada doméstica e pagar um salário decente, não a mixaria que oferece pras diaristas que topam trabalhar lá em casa.

— Se você acha que é pouco, poderia dividir o pagamento da diária comigo. E se não acha que é sua obrigação cuidar da casa, deveria trabalhar fora, Marcela.

— Cê tá de sacanagem. Meu trabalho remoto é muito mais bem pago do que o teu emprego público. E além do aluguel e do condomínio, banco todas as nossas compras de supermercado. Você ficou com as contas de água, luz, internet e diarista. Isso dá menos de trinta por cento das nossas despesas. Parece esquecer que não mora mais na casa dos teus pais e que não tem mais o teu irmão menor pra dar ordens, dizendo que ele é a mulherzinha da casa e você, o homem.

— Agora você está apelando, Marcela.

— Cai na real, Samira. Eu divido a cama contigo, sou eu que sustento a casa e ainda aguento esse teu humor de mula. Você devia se assumir lésbica logo de uma vez pra tua família e me apresentar como a tua namorada. Devia me tratar com mais respeito, já que, carinho, faz tempo que eu não sei o que é.

— Chega! Não aguento mais isso. Você só sabe reclamar, é sempre a mesma lenga-lenga, não vira o disco, não muda o discurso. Chega. Não aguento mais isso, não aguento mais, não aguento, não-a-guen-to.

— Desde que esse casal entrou, você está muda, Carol. O que é que há, meu bem?

— A Carol deve estar prestando atenção na briga, Dafne, você mandou a gente ficar quieto pra poder escutar.

— Olha a cara dela, Tonho, tá esquisita. Carol, o que houve?

Samira, com o pescoço saltando pra fora do colarinho apertado, se levanta e deixa o restaurante. Sai bem devagar, com passos estudados. A parceira faz sinal pra garçonete e pede mais uma garrafa. Mal começou a beber a segunda cerveja, e a outra já está voltando. Pela expressão corporal dela, com as mãos nos bolsos, olhar seguindo formigas invisíveis no chão, deve estar se sentindo constrangida pelo escândalo desnecessário que protagonizou há pouco.

— Você está bem, Carol? Quer ir embora, meu bem?

— Peraí, Dafne, quero ver o fim dessa história. Carol, pode pedir a conta, mas não vamos levantar ainda.

Samira se aproxima da mesa, dizendo simplesmente:

Instantâneos de Ana

— A chave do carro ficou na sua bolsa, Marcela. A companheira não responde, dá o último gole bem devagar na cerveja. Samira se senta de novo e, com a voz baixa agora, quase doce, pergunta se a namorada já está satisfeita. Chama a garçonete e pede a conta, com delicadeza. É ela, a própria Samira, quem paga a despesa. Puxa a cadeira pra Marcela se levantar e saem de mãos dadas, como se nada tivesse acontecido.

— Sem julgamento agora, Dafne, juro, mas eu não sabia que existia lésbica machista. Quanta incoerência, meu Deus.

— O Tadeu não é machista, Tonho?

— Acordou, foi, Carol? Que bicho te mordeu pra você ficar tão quieta o almoço inteiro?

— Lembrei da minha irmã, Tonho. Ela era assim.

— Você nunca falou da sua família, Carol. O Tonho sempre insistiu que era um assunto tabu, que você não se abria e que eu não devia te perguntar nada sobre eles. Você tem uma irmã lésbica?

— Tinha. Ela também era desfem. Hoje, foi a primeira vez que ouvi esse termo, não conhecia.

— Como assim, tinha, Cacá? Me conta de uma vez por todas, poxa.

— Ela morreu, Tonho. Foi assassinada.

— Assassinada? Está na hora de você se abrir comigo, Carol. Sou teu melhor amigo. Anda, fala.

— Por favor, Tonho, deixa ela em paz, olha como ela tá pálida. Olha pra mim, Carolzinha. Ninguém mais vai te perguntar coisa nenhuma, toma um pouco de água, volta aqui pro presente, estamos comemorando tua peça que vai ser encenada, lembra? Assim, isso, passou.

— Você vai me contar direito essa história, né, Cacá?

— Dá um tempo, Tonho, vamos embora. Você acredita que está bem pra dirigir, Carol? Vamos pra casa, gente. Vem, meu bem.

47

Capítulo 03
Carol, o lugar onde habito

Instantâneos de Ana

Curitiba, 12 de junho de 2023

Encaro uma placa de "Fora de serviço" pendurada na porta do elevador, depois de uma viagem esgotante. Sete andares carregando a valise e as tralhas de praia, mas, contando a garagem no subsolo, são oito lances de escada. Meus ouvidos voltaram inflamados, não sei se foi da água do mar ou da serra, parecia que eu estava falando de dentro da minha cabeça. Ao menos, não vou precisar ouvir ou responder a mais ninguém hoje.

No começo da escada, cruzo com uma mulher impaciente, de saltos altíssimos, cheirando à saudade. Me pego imaginando que ela insiste em alimentar a esperança de uma volta ao passado que só existiu na imaginação dela. Em sua irritação, me rosna um boa noite, ao que respondo com um aceno mudo.

No primeiro andar, a esposa assiste à novela na sala. Pelo basculante embaçado do banheiro, vislumbro o marido numa punheta furiosa. Quem será a atriz ou o ator principal do curta-metragem dele?

Segundo andar, todas as luzes acesas e um silêncio cavernoso indicam dívidas antigas e segredos familiares nunca revelados.

Tomo fôlego e chego ao terceiro andar pra testemunhar quatro pessoas em volta da mesa posta, todas interagindo com seus celulares. Vão acabar mortas com a intensidade das próprias emoções encubadas.

No quarto andar, fico com inveja de um casal recém-casado. As paredes do apartamento transpiram um desejo vermelho incandescente, inquieto, grudento e úmido. Aventuras eróticas, danças até amanhecer, pés descalços, beijos inesquecíveis, calor entre as pernas. Subo rápido pro quinto andar.

Observo um casal de idosos na cozinha: sensação de conforto, de algo delicioso fervendo no fogão. Os vidros da janela estão nublados. Sentam-se à mesa para a sopa e, entre uma colherada e outra, se olham com satisfação. Acredito realmente que o céu nos envia o hábito como substituto da felicidade.

Sexto andar, agora falta pouco. A adolescente aproveita a viagem dos pais pra trazer o namorado pra casa. Do outro lado da janela do seu quarto, quase perco a contagem das horas assistindo aos dois: beijam-se com tranquilidade, despem-se devagar, levam tempo pra se deitar e mais ainda pra se entremear. Coisas importantes devem ser feitas lentamente.

Sétimo andar. Abro a porta do meu apartamento e o raciocínio impotente me assalta: até quando vou viver aqui sozinha? Quando me sentirei acolhida numa casa onde cores afetuosas me abraçam assim que eu abrir a porta? Onde reconhecerei estar segura pra poder me entregar, relaxada, a um sono profundo e ininterrupto?

Capítulo 04
Dafne, a Rainha da Liberdade na Marechal

Instantâneos de Ana

Tanto tempo lutei por essa oportunidade. Vou mostrar meu talento, serei reconhecida como uma profissional inspirada, ainda que numa posição de suporte, nos bastidores. Conto a novidade pros colegas do salão de beleza, repleta de expectativas. Esperava celebração, recebi desdém. Inveja é pior que ciúme. Quem sente inveja não quer o que é teu, quer que você não tenha aquilo que conquistou.

Me sinto como um galo morto, derrotada numa rinha de vaidades. Assassinada pelo despeito dos que eu chamava de pares. É como se minhas penas, antes furta-cor, agora estivessem estacadas na minha bancada. Meu bico e minhas esporas, inúteis contra o ressentimento dos falsos amigos, jazem inertes entre cremes e xampus, no lavatório.

Se pensam que essa aparente indiferença vai ofuscar a minha vitória, ou que o menosprezo vai conseguir diminuir o meu orgulho, eles realmente não sabem quem eu sou. Pouco me importa, eu sei que sou digna de todo o sucesso, de toda a felicidade, de toda a celebração e de toda a luz que eu conseguir atrair.

Olha bem pra esse espelho, Dafne. Olha bem pra esse teu reflexo lindo, pra essa tua imagem de mulher forte, vencedora. Você chegou lá, como sempre soube que chegaria. Além de ser a responsável pela maquiagem e penteado de atores e de atrizes de uma peça do Festival de Teatro de Curitiba, que vai ser um tremendo sucesso, tenho fé, esse ano você vai realizar o seu sonho mais acalentado, o mais festivo, o sonho que antecipou o ano inteiro.

Você, que durante anos viveu um pesadelo recorrente: de dia, cortando, escovando, tingindo e embelezando cabelos outros. De noite, abraçando, beijando, saciando e preenchendo de alma corpos-zumbis. Turno no salão de beleza, noturno num hotel central. O segundo ficou no passado, não vai desbotar da tua memória, você nunca o renegará, mas faz parte de outra vida.

No fim deste ano, teus reais economizados vão pra fantasia de rainha. O esplendor é de segunda mão, sobra da Sapucaí do desfile passado, oferecido pela cliente de escova da sexta-feira. Você ganhou plumas amassadas e retribuiu com bombons quase vencidos. Troca justa, meu bem.

Neste Carnaval, de uma vez pra sempre, você vai despir o casco travestido de serviçal de utilidade pública, de gari de corpos decompostos, de saneadora da insalubridade dos esgotos emocionais, pra se cobrir de purpurina e realeza. A fantasia na avenida dura apenas três rodopios, mas vai te manter sonhando por muitos meses.

Na avenida, todo mundo é destaque. Não importa se você veio da Piquiri, da Sete de Setembro, do Largo da Ordem ou do Viaduto do Capanema. Lá, você não é puta, não é travesti, não é favelada e nem é drogada. Na Avenida Marechal Deodoro, você é Rainha da Bateria, você é Domitila, você é Princesa Isabel e você é Escrava Anastácia também.

Instantâneos de Ana

Você, que apanhava da polícia de janeiro a janeiro, vai ser protegida por essas mesmas fardas no cortejo de Carnaval. Você, que ainda é recebida com olhar enviesado nas lojas chiques do comércio, você, que às vezes é cumprimentada só de longe, sem troca de beijinhos nem aperto de mão, você que é mentalmente enxovalhada e cuspida o ano inteiro, vai ser aplaudida da arquibancada no desfile da Mocidade, da Liberdade e da Igualdade na Marechal.

Porque é aplauso o que você merece, Dafne, e eu não vou aceitar nada menos do que isso. Eu me juro.

Capítulo 05
Tonho, o filho da Maria lavadeira

Instantâneos de Ana

Li outro dia sobre uma família católica em que todas as filhas eram Marias. Não me surpreendeu nadinha. Na casa dos meus avós, nascia mulher, era Maria-alguma-coisa e seria lavadeira como a mãe, a avó e a bisa. Se fosse menino, seria José, algum nome no meio, da Silva, e seria operário.

Eu sou José Antônio, o Tonho, e minha irmã, Maria Rosa. Fugimos da triste sina de mãos escalavradas de sabão com soda cáustica, no caso da Rosinha, ou dos dedos engolidos por alguma máquina voraz, no meu caso. Pro desgosto do meu pai, me tornei artista plástico e, pra pagar as contas, trabalho como vendedor de uma loja de grife no shopping mais sofisticado de Curitiba.

Minha irmã é professora de escola pública, nasceu com vocação pra ensinar. A "tia Rosa é brava, mas é muito legal" é a frase que já escutei de muitos alunos dela em ocasiões diferentes. A Rosinha acredita em dedicação, carinho e limites. Ela sabe que todos os seus alunos têm capacidade pra aprender tudo que lhes for ensinado, de acordo com o ritmo e com a determinação de cada um, desde que sejam estimulados corretamente, e tenham boa alimentação.

"Só através do desenvolvimento intelectual, essas crianças poderão se desviar de trabalhos extenuantes e mal pagos, no futuro". Ela repete esse mesmo discurso há tantos anos que já decorei suas palavras. Aqui entre nós, minha irmã é uma idealista, um tanto otimista demais pro meu gosto, mas morro de orgulho dela.

Minha mãe não teve sorte, ou talvez, por ter se casado muito cedo com um homem ignorante e machista, não tenha dado uma chance pra sorte. Todos a conhecem como Mari, a lavadeira, mas na carteira de identidade está gravado: Marieta Maria. Além de carregar trouxas e mais trouxas de roupa pra lavar na mão e de carregar o peso de quase todas as Marias, ela ainda teve o azar de nascer no dia que a avó paterna faleceu. Restou à minha mãe, além do tanque, o nome. Apesar de levar uma vida ordinária, dona Mari não se deixou endurecer – carrega no rosto mapeado por rugas, um meio sorriso pronto pra se abrir por inteiro a qualquer momento. Sonha com os netos que dificilmente virão e considera o dia ganho quando um dos filhos elogia sua comida.

Minha avó Pepa – que era lavadeira, mas que nunca foi Maria – exigia o nome e a profissão em cada filha e em cada neta. Não a conheci muito bem, era uma figura magra e ressentida, a boca era só um talho entre o nariz e o queixo, esse último, povoado por alguns pelos pretos, longos e pontudos, assustadores. Vó Pepa, na realidade, se chamava Perpétua e detestava o próprio nome. Bisa Vitória, urrando de dor no parto, pelo jeito resolveu se vingar da rebenta – de forma permanente.

Meu avô era pedreiro, mas tinha nome de carpinteiro, José. Ele era bondoso, paciente e falava baixo, em contraste com a esposa. Vô José e eu nos entendíamos bem, pois ambos gostávamos de ficar horas em silêncio. Juro que eu era tímido quando era mais novo. Eu e o vovô passávamos a tarde juntos, ele jogando paciência

62

Instantâneos de Ana

e eu desenhando com lápis de cor do lado oposto da mesa.

Minha tia mais velha, Getúlia Maria, era paraplégica. Em sua cadeira de rodas, que lhe servia como um trono, se fingia de inválida pra se livrar da profissão de quase todas as mulheres da família.

Do alto da sua arrogância, ocupava-se em julgar e comentar vidas alheias – nada escapava da sua língua bifurcada.

Pra completar, tia Getúlia sofria de diarreia verbal – não podia encontrar alguém desprevenido que já vinha logo vomitar seus sonhos esdrúxulos nos ouvidos do coitado:

"Não sei o que anda acontecendo comigo ultimamente acho que estou doente preciso ir no médico não é possível você acredita que esta noite eu sonhei que estava num banheiro público e não estava muito limpo bem pelo contrário um tanto nojento o lugar enfim estava apertada fazer o quê eu estava me ajeitando no sanitário quando uma zeladora entrou no reservado pra cadeirantes e nem se desculpou simplesmente comentou que alguém tinha esquecido uma blusa lá se não era minha claro que não eu nunca tinha ido naquele lugar e a blusa era horrorosa nunca que eu ia usar uma blusa brega daquelas eu não ainda por cima a mulher era gringa morena com cara de índia devia ser uma daquelas imigrantes venezuelanas que fugiram pra cá tem tantas pedindo dinheiro na rua trabalhando de domésticas ou de coisa pior enfim eu não conseguia me comunicar com ela em português acho que ela falava portunhol, eu mandava ela embora sai daqui não tá vendo que estou quase sem calças já? ela saiu e eu me sentei no vaso mas na mesma hora pensei que o lugar não era muito limpo e vai que o vaso está infectado com alguma doença? tive todo o trabalho de me erguer olhei bem e o assento estava limpo ainda bem aí depois de todo meu esforço, eu saio do reservado e a mulher tinha sumido, um horror."

Quando eu escutava o ranger do piso sob as rodas da sua cadeira, dava um jeito de fugir rapidinho pra outro cômodo da casa.

O primeiro filho homem dos meus avós recebeu o nome de Mauro José. Era um sujeito arrogante e burro, que passou a vida aplicando pequenos golpes e levando vantagens sobre os mais gananciosos do que ele.

Seduzia as empregadas das casas onde ia entregar as roupas lavadas e passadas e, na saída, roubava cigarros do jardineiro. Morreu de forma misteriosa: atropelamento com fuga do motorista.

O segundo menino, que todos tomavam como esquisito, era na verdade um gênio, mas nunca teve chance de desenvolver seus talentos. Chamava-se José Paulo, era obeso e hipocondríaco, não admitia que tossissem perto dele – virava um bicho, borrifava desinfetante por tudo e passava álcool em gel até no próprio rosto.

Morreu de velhice, solteiro, trancado no seu quartinho dos fundos, que, de acordo com ele, era único local limpo da casa, escrevendo livros de ficção científica e criando palavras cruzadas.

Minha mãe é a filha caçula e, além de herdar o nome horroroso da avó, herdava também as roupas da irmã mais velha, a Getúlia, que mesmo restrita à casa e a uma cadeira de rodas, exigia roupas novas a cada estação. O mais bizarro é que ela era gorda e baixa. Minha mãe já nasceu alta e elegante.

É triste, hoje em dia, ver o tédio se infiltrando na alma da mãe através dos sulcos no seu rosto, a velhice mapeada e registrada na sua carne.

Toda família tem seus malucos, mas nenhum membro do nosso clã admitia que gente de fora falasse mal de um de nós. A infância feliz é um faz de conta inventado pra consumo externo. Desde menino eu era um estranho dentro da minha família.

Sou gay, continuo solteiro e mal resolvido, mas não sou

Instantâneos de Ana

um zé-ninguém, não abri mão da minha vocação, sempre acreditei que era criativo e que merecia uma chance de exibir o meu talento como artista plástico – em breve, vou assinar os cenários e o figurino de uma peça que vai ser um grande sucesso no Festival de Teatro de Curitiba.

Capítulo 06
Carol, as cartas não escritas

Instantâneos de Ana

Meu psicanalista me incentivou a escrever cartas às pessoas do meu passado. Disse que seria um processo catártico mesmo que eu jamais as enviasse. O importante seria resgatar todos os sentimentos envolvidos naquelas relações e, a partir de então, trabalhar neles de forma isenta, até desapegar de tantas rejeições, do sentimento de inadequação e de não pertencimento.

A primeira carta que nunca escrevi foi pros meus pais adotivos. Se fosse realmente lhes escrever, talvez eu começasse assim:

Curitiba, num dia cinza de ano nenhum.

Mal-amados pais,

Gosto de pensar que minha mãe biológica me entregou pra vocês porque acreditou que eu teria uma vida melhor do que ao lado dela. Me pego imaginando a tristeza e o desespero dela quando se descobriu grávida e, depois, quando foi obrigada a abrir mão de mim.

Prefiro acreditar que doar um filho é, na maioria das vezes, o maior gesto de amor e de desprendimento de uma mãe. Tento me convencer de que ela não poderia imaginar a vida de merda à qual estava me condenando na casa de vocês. Mas eu nunca vou saber, não é?

Nunca terei a certeza de ter tido ao menos uma mãe amorosa que fora obrigada, por total falta de opção, ou talvez por algum motivo nobre, a se separar pelo resto da vida da filhinha que já sabia andar e falar, da menina que iria sofrer desesperada e choraria de tristeza, por muito tempo, sem entender o que estava acontecendo, a criança que sentiria muitas saudades dela, que morreria de medo dos novos parentes, que não dormiria à noite, mesmo depois de adulta, por causa da insegurança gerada na sua alma desde pequena.

Se é verdade que existe vida após a morte, espero que vocês três se encontrem no purgatório, no umbral ou em qualquer lugar frio e escuro pra onde forem enviados. Nesse lugar sombrio, vocês três terão muito o que conversar.

Pensando melhor, ainda vou ter que pagar algumas sessões de terapia pra me fortalecer, antes de terminar de escrever essa

Instantâneos de Ana

carta. Ao invés de uma catarse, estou mergulhando numa regressão que vai me deixar acuada, encolhida em posição fetal durante dias na cama. Já sinto uma pontada de enxaqueca me espreitando logo ali, atrás da porta do quarto. Sem chance. Essa carta inacabada vai ficar esperando no imaginário de uma gaveta, sem data pra postagem.

A segunda carta que eu nunca escrevi foi pra tia Aída, porque eu ainda não sabia escrever – se dependesse dela, teria demorado um bocado apesar de ser minha professora de alfabetização naquele único colégio público da região onde morávamos. Na época, a gente ia e voltava a pé, o trajeto demorava mais do que a aula. Mas a minha determinação foi recompensada.

Curitiba, anos-luz daquela escola do interior.

Desprezada tia Aída,

Espero que você esteja viva, lúcida e não use mais aquelas garras compridas, nem aquele penteado abajur – ia te faltar cabelo nos seus oitenta e muitos anos. Quero te dizer que você nunca deveria ter estudado Magistério. Sua prepotência quase destruiu o meu sonho de ir pra escola. Esperei tanto por isso e, no primeiro dia, você me tratou com tamanha rispidez, que eu tive que morder minhas bochechas e engolir as lágrimas pra não te dar a satisfação de me fazer chorar.

Eu não sabia que tinha que levantar a mão e esperar

permissão pra falar, nem imaginava que deveria te chamar de "tia", não de professora. Aliás, nunca conheci minhas tias de verdade, mas imagino que elas não seriam piores que você. E aquele garotinho gorducho de olhos meigos com quem você me colocou dividindo a carteira, o Flavio, nunca foi o mais burro da sala. Burra era você, que não sabia o que era dislexia.

O Flavio foi o meu salvador naquele primeiro dia de aula e em outros tantos na sua turma. Escrevo hoje pra te contar que, apesar de você – ou talvez bem por causa da sua falta de talento pra ensinar e de empatia pra lidar com seus alunos, me formei em Letras. Considerei a possibilidade de me tornar professora, inspirada por outros mestres fundamentais que passaram pela minha vida depois do trauma que foi ter tido você como a primeira.

Mas a literatura sempre me encantou, minha imaginação fértil me levava pra mundos bem distantes daquela realidade doentia que era a minha família. Flor de lótus que sou, desabrochei da lama. Me tornei uma dramaturga de prestígio, uma autora de peças de sucesso e de textos literários premiados.

Essa balela de que tudo passa, de que o tempo é o melhor remédio, é um tremendo clichê mentiroso. Meus rancores entranhados se tornaram a geografia do meu corpo. Meus desgostos são visíveis nas marcas da minha pele, no meu riso nervoso, na opacidade do meu olhar; são sentidos nas minhas palavras amargas, no meu sarcasmo, mesmo implícito, algumas vezes. Fui ferida e hoje

Instantâneos de Ana

sou vencedora. E você, tia Aída, quem se tornou?

Sem mais, me despeço.

Carolina

A terceira carta que eu deveria ter escrito, e não o fiz, foi pra você, Antônio.

Curitiba, muitos dias melhores, pra sempre.

Meu desamor,

Você mesmo, que numa semana me levou pra escolher as alianças e, semana seguinte, no Dia dos Namorados, deitado na minha cama ainda, simplesmente disse que não me amava mais. Aprendi que não posso perder aquilo que nunca foi meu de fato. E que o afastamento pode ser infinito, já estávamos tão longe um do outro, apesar de termos dormido a noite inteira abraçados. Você dormia e eu cuidava do teu sono, pressentia os teus pesadelos e os afastava com um carinho no teu rosto, no teu pescoço.

Que raiva senti de você naquela manhã. Não imaginava que eu ainda poderia me deixar ser tão magoada e que eu era capaz de armazenar tanto ódio no meu corpo. Queria que você saísse da minha cama logo, fosse embora do meu apartamento na mesma hora, que sumisse do meu mundo de uma vez. Ao mesmo tempo, queria me agarrar em você, que medo eu tinha de quando você partisse.

Não, não se encolha, Antônio. Todas as verdades que tinha pra te dizer, te disse pessoalmente um mês depois de ter sido descartada, lembra? Poucos dias após você ter me deixado, fiz exames de rotina. Os resultados acusaram que eu havia contraído HPV. Quando meu ginecologista afirmou que esse vírus era transmissível apenas pelo ato sexual e que eu poderia desenvolver câncer de colo do útero, fiquei tão indignada que fui tirar satisfações com você — eu era virgem quando nos conhecemos.

Como você não se lembraria!? Além de negar ter me contaminado, ainda teve a pachorra de me acusar de infidelidade. Foi a única vez que você me viu ultrapassar meus limites de civilidade autoimpostos. Ninguém havia te desmascarado de modo tão cru antes. Como pode alguém ter uma fachada dessas de passado, uma cara que usou durante tanto tempo pra me enganar? Você acreditava que eu iria me submeter, uma última vez?

Ah, Antônio, hoje escrevo pra te agradecer. Obrigada por ter ido embora, por ter me traído e por ter me decepcionado irremediavelmente. Se você não o fizesse, teria

Instantâneos de Ana

me casado contigo, por desamor próprio, por teimosia, ou por medo de ficar sozinha. Eu viveria infeliz pra sempre, ou por tanto tempo quanto durasse minha obstinação em te transformar no homem que você nunca conseguiu ser.

Alguém que se recusava a crescer, alguém que aos 34 anos ainda morava com os pais, que estava em vias de ser jubilado da faculdade de Engenharia. É verdade, Antônio, o que aquela mulher, aquela do telefonema anônimo de madrugada... lembra?

É verdade o que ela me contou? Que ela tinha engravidado de você, enquanto estávamos juntos, e tido um filho que você não quis assumir? Que ela estava exigindo na justiça o reconhecimento de paternidade? É verdade? Pergunta pra ela se está infectada com o vírus também, pergunta! Muito obrigada por me fazer desistir de você, Antônio.
Até nunca mais.

Carol

Post Scriptum: Essa carta, não vou precisar entregar tampouco. Depois do telefonema da sua mãe hoje cedo, só preciso de controle. Escovar os dentes, lavar bem o rosto. Me vestir — a blusa vermelha, não. Colocar sapatos baixos, confortáveis. Não pensar que foi um sonho ruim. Tomar café. Preto. Granola é fibra, faz bem pro intestino. Escovar os dentes de novo? Enxague bucal resolve. Você adorava esse sabor cereja na minha boca. Pegar as chaves do carro, bolsa, documentos. Pentear o cabelo, como fui me esquecer? Nunca mais vou sentir o cheiro do teu xampu no meu travesseiro, a maciez dos teus pelos venenosos. Chaves, bolsa, documentos, dinheiro. Dinheiro precisa? Óculos escuros – não saia sem. Pode ir sem calcinha, mas sem os óculos escuros, não. Será? Não vou chorar, óculos escuros, pra quê? Vou descobrir quando baixarem a tampa do caixão.

Meu psicanalista foi fundamental no meu processo de cura emocional e continua sendo uma presença necessária na minha jornada. Mas, ai, como é dolorido escrever essas cartas. Às vezes, tenho a impressão de que vou passar o resto da vida tentando, sem sucesso, escrevê-las.

Capítulo 07
Laura, a intérprete da Ana

Instantâneos de Ana

— Oi, Carol! Obrigada por topar esse café comigo.

— Imagina, é um prazer, Laura.

— Queria saber de você, a autora da peça, um pouco mais sobre a minha personagem. Uma vez que ela é a protagonista, vou me sentir mais à vontade no papel se souber tudo o que for possível sobre a Ana, inclusive aquilo que não é mencionado no roteiro, mas que você, como criadora, deve ter imaginado sobre ela.

— Eu que agradeço a tua sensibilidade, Laura. Vai ser uma honra pra mim tê-la como intérprete da Ana. Mas, antes, me conta um pouco de você, da sua família e da visão que você tem da minha história, por favor.

— Certo. Quando eu li o texto pela primeira vez, me emocionei com a Ana. Eu tinha sido aconselhada a tentar o papel da Mariana ou o da Juliana, mas senti na alma que eu daria meu sangue pra homenagear a biografia da Ana.

— E por que você sentiu essa conexão com ela?

— Porque eu conheci a Ana.

— Você pode se explicar melhor, Laura, por favor?

— Claro, não quis te assustar, desculpe. Vou te contar um pouco da minha história familiar pra poder contextualizar, certo?

— Não me assustou, não. Só fiquei curiosa. Me conta, por favor.

– Como a Ana, sou a filha mais velha de três irmãs. Ao contrário dela, vim de uma família de classe média. Meu pai, como a maioria dos homens da geração dele, era machista. Numa ocasião, eu, adolescente, estava na sala com ele vendo o jornal do meio-dia, enquanto minha mãe preparava o almoço. Aí ele começou:

"— Vai ajudar sua mãe na cozinha, que o almoço tá atrasado hoje.

— Por que eu tenho que ir? Ela não precisa de ajuda, e a cozinha tá com uma nuvem de gordura, sente só o cheiro do bife.

— Já está na hora de você aprender a cozinhar, Laura.

– Por quê?

– Como por quê? Mulher tem que saber cozinhar pra fazer almoço e jantar pro marido e pros filhos.

— Eu vou ganhar muito dinheiro, vou ser uma atriz famosa e vou poder contratar alguém pra cozinhar pra mim, não preciso aprender.

— Você tem que saber fazer pra poder mandar."

— Eu, que sempre soube manobrar meu pai muito melhor que as minhas irmãs, me saí com essa: "– Tá certo, pai. Amanhã, eu começo meu estágio na cozinha, tá? Hoje, tô morrendo de cólica." E ele, desconcertado, mas sem querer se dar por vencido, deu a palavra final: "– Então, vai já colocar meias nesses pés descalços. Anda, menina."

— Além de inteligente, você já se mostrava uma boa mani-

Instantâneos de Ana

puladora. Mas o seu pai, felizmente, não é nem um pouco parecido com o pai da Ana. Seu pai se importava com o seu bem-estar.

— Sim, sim, mas te contei, pra você ver que eu, ao contrário da Ana, tive escolha, pude me livrar da cozinha. Aliás, até hoje não cozinho. Em compensação, no apartamento vizinho ao nosso, vivia uma família muito religiosa e muito hipócrita.

— Sei bem a que você se refere, Laura. Pessoas que exibem sua religião pra disfarçar o caráter, ou melhor, a falta dele, né?

— Você me entende. Esses vizinhos tinham duas filhas adolescentes, como eu, e três filhos homens. Um deles, mais velho do que nós, e os outros dois, crianças ainda. E tinham uma filha adotiva, mais velha do que todos os filhos biológicos do casal. Na tua peça, quando a Ana diz que deve ser adotada, me fez lembrar na hora da Valdenice.

— Aposto que a chamavam de Val. Ela fazia as vezes de empregada da casa também?

— Sim, ela fazia todo o serviço doméstico. De manhã, limpava a sala, arrumava os quartos, preparava as refeições, dava banho, vestia e dava de comer aos dois menores, arrumava a cozinha e levava os meninos pro colégio. Na parte da tarde, ela lavava e passava as roupas da família inteira. Depois de ir buscar os meninos no colégio, a Val deixava a comida aquecida, a mesa posta pro jantar e ia pra escola noturna.

— Depois disso tudo, ainda tinha forças pra ir estudar.

— Tem mais. Ela chegava da aula, lavava a louça, que cobria a maior parte da pia, fazia um lanche, tomava banho e montava sua cama de armar num canto do quarto das moças. Aos domingos, ainda era obrigada a ir à missa com a família.

— Sem dúvidas, você conheceu uma moça muito parecida com a Ana. Não imagino que vá precisar fazer muita pesquisa pra poder penetrar na complexidade da personagem.

— Obrigada. Fico aliviada com a tua observação.

— A Ana achava injusto ser responsável por todas as tarefas domésticas, mas nunca se rebelou, nunca enfrentou a mãe – que era uma católica fervorosa, alienada, egoísta e hipócrita.

— O fanatismo religioso sempre me assustou.

– A mulher se considerava uma santa, ainda por cima. A Ana poderia ter se recusado a executar todo o trabalho da casa. Por que preferiu continuar a se deixar explorar? Pense nisso, Laura, quando for interpretá-la.

— Esse comportamento passivo da Ana me intriga desde a primeira leitura que fiz do texto, Carol. A Valdenice me comovia com sua doçura e, muitas vezes, me irritava por sua gratidão, mais que isso, por sua devoção àquela família.

— Você está indo pelo caminho correto: passividade, devoção, senso do dever, é por aí que você deve construir essa personagem, Laura. Imagine a postura dela, o tom de voz.

— Vou me aplicar no laboratório, pra poder interpretar a expressão corporal contida e a expressão vocal adequada da Ana, pra demonstrar a profundidade da protagonista no palco.

— Você soube definir corretamente o comportamento da Ana. Ela não é submissa, mas passiva. Na minha concepção, ela tem traumas profundos, sofre com a rejeição dos pais, é o tipo de mulher que tem pesadelos recorrentes, como o de ser abandonada numa estrada vazia, ou o de estar perdida num lugar escuro e claustrofóbico.

— Não consigo imaginar a Ana tendo um relacionamento amoroso saudável, Carol.

— Uma mulher assim vai sempre buscar o amor em lugares errados, vai se contentar com migalhas oferecidas por se sentir inferior, por não se achar merecedora de afeição genuína.

— Que interessante a tua leitura dela, Carol.

— A Ana é emocionalmente defeituosa, Laura. Mas estou tranquila. Depois dessa conversa de hoje, posso te dizer que a tua percepção da personagem me encantou.

— Já estou muito envolvida pela personagem. Que bom que você conseguiu perceber isso.

— Se eu tivesse que te apresentar formalmente à Ana, te explicar em detalhes como foi a vida dela, era porque essa história não seria pra você. Mas, através da Valdenice, acredito que você não terá dificuldade em entrar na personagem. Parece que já mergulhou na essência da Ana.

— Puxa, estou bem mais segura depois dessa nossa conversa, Carol.

— Depois de alguns ensaios, vocês duas se tornarão amigas íntimas. E você vai fazer muita gente chorar na plateia. Eu vou estar lá na coxia, no dia da estreia, te aplaudindo em pé.

— Que alegria escutar isso de você, Carol, muito obrigada por vir me encontrar. Posso te pedir mais uma coisa?

— Claro. O que é?

— Comentei com a Maria Luísa, a atriz que vai interpretar a Poliana, que viria tomar um café contigo.

— A Maria Luísa me pareceu muito aberta, simpática. E aí?

— Ela me sugeriu te convidar, em nome dela, pra um almoço, café, *happy hour* ou o que você preferir, pra conversarem sobre a complexidade da Poliana/Paul. Topa?

— Vou adorar conversar com a Maria Luísa também. Se puder ser um encontro no shopping onde trabalho, durante meu horário de almoço, vai facilitar pra mim. Hoje é meu dia de folga, por isso estava disponível pra um café.

— Vou passar teu contato pra Malu combinar contigo. Muito obrigada por dispor da tua folga pra me ajudar, Carol.

— Você não imagina o quanto eu fico feliz de ter conversado contigo. Até breve, Laura.

— Até.

Capítulo 08
Maria Luísa, a intérprete de Poliana/Paul

Instantâneos de Ana

— Boa tarde, Maria Luísa. Obrigada por vir almoçar comigo aqui no shopping, durante meu intervalo.

— Eu que te agradeço, Carol, e por favor, pode me chamar de Malu. Senão, vou ter que te chamar de Carolina? Ou é Caroline? Maria Carolina talvez?

— Carol está ótimo, Malu. Gostaria de começar a nossa conversa da mesma maneira que comecei com a Laura, se você não se importa. Me conta um pouco da tua infância, da tua família e de como você enxerga a Poliana. Pode ser?

— Claro. Qual ator que não gosta de falar de si mesmo, não é? Na minha infância, a gente podia brincar do que quisesse, inclusive de luta, se precisasse, pra liberar as tensões.

— Sério, Malu? Teus pais deviam ter uma mente muito aberta pra época em que viviam.

— Eles eram muito avançados, como outros parentes diziam deles. Eu podia jogar taco na rua, andar de carrinho de rolimã ou empinar pipas em cima do telhado da casa da minha avó, assim como podia brincar de casinha, de escolinha ou de loja, sempre com os meus primos mais velhos e, às vezes, com a minha irmã mais nova também.

— Toda criança merece o direito de brincar, de ser feliz durante a infância. Não sei se tive primos. De qualquer forma, nunca os conheci. Vocês brincavam disso tudo juntos?

— Meu primo, o Zé Carlos, não tinha paciência pra essas duas últimas brincadeiras de menininhas, como ele dizia. Aí, minha irmã participava. A Celina, minha prima, era sempre a primeira a ser a professora e, na hora de ser a aluna, ela dizia que tinha que ir pra casa dela tomar banho e fazer lição, a espertinha. Ela e a Renata, minha irmã, brincavam com bonecas, também.

— Nunca tive bonecas.

— Eu tinha duas bonecas imensas, lindas: a Xodó e a Jacqueline. Como eram quase do meu tamanho, não as embalava como se fossem bebês. Adorava pentear seus cabelos e fingir que eram de verdade: contava histórias, fazia teatrinho com elas.

— Teu talento pra interpretação foi despertado desde cedo, então. Que bom ouvir que na tua família não tinha essa de "meninas usam rosa, e meninos, azul".

— Nunca teve discriminação de gênero ou de qualquer coisa lá em casa. A gente usava roupas unissex durante a semana: calça de brim coringa (eu adorava as vermelhas) e camisetas de algodão, listradinhas, calçados de lona e borracha, Conga ou Bamba.

— Agora, consegui te visualizar pequena, vestidinha assim. Tua memória é muito boa. Adorei a descrição detalhada do vestuário.

— Toda a nossa roupa do dia a dia era comprada na feira e passadas do Zé pra mim; porque a Celina era maior que ele apesar de ser um ano mais nova, e de mim, pra Renata. Minha mãe me contou esses dias que, numa ocasião, perguntei pra ela por que o meu pijama tinha uma abertura na frente do short.

— Imagina tua mãe tendo que explicar que meninos não precisavam tirar os shortinhos pra fazer xixi.

— Ela me explicou numa boa. Era comum as crianças da nossa família tomarem banho juntas. Entendi rapidinho a função daquela fenda.

— Que família admirável. Sua mãe era muito bem resolvida. Ela soube criar vocês de maneira sadia, sem puritanismos.

– Minha mãe tinha suas contradições, Carol. Nos fins de semana, eu e a minha irmã éramos vestidas de maneira idêntica, o que me irritava muito, porque não somos gêmeas. Vestidos com bordados e aplicações, meias-calças, calcinhas com rendas, laços de fitas nos cabelos e sapatos de verniz branco ou preto. Eu fazia questão de usar bolsinhas, de mão ou a tiracolo, combinando com os sapatos.

— Adorei. Plebeia durante a semana, princesa aos sábados e domingos, com direito à bolsinha e tudo. Me explica direito essa história de empinar papagaio em cima do telhado, acho que não entendi bem.

— As pessoas acham estranho mesmo. Vou te explicar melhor. Junto com o Zé, quatro anos mais velho, e com a Celina, três anos mais velha do que eu, fabricávamos pipas com padrões intrincados de papel de seda colorido e rabetas longas.

— Estou aqui imaginando muitas pipas coloridas num céu azul.

— Não era sempre assim tão idílico. Umas poucas vezes, passávamos cerol na linha pra brigar no céu em pé de igualdade com uns moleques mal-intencionados da rua de trás.

— Puxa, vocês levavam muito a sério esse negócio.

— Numa ocasião, meu primo amassou uma bandeja de prata da minha avó, moendo cacos de vidro em cima dela. A vó Cida ficou muito preocupada, porque ele poderia ter se cortado, mas nem se incomodou com a bandeja danificada. Ela só fez o Zé Carlos jogar fora o pó de vidro moído.

— Fazer cerol dava um trabalhão. Ele aceitou jogar tudo fora?

— Ele jogou, e foi na frente dela. Depois, recuperou tudo do lixo e escondeu na nossa casinha – um espaço enorme que meu tio mobiliou pra nós em cima da garagem deles, que tinha até pia e fogãozinho que funcionavam.

— Não consigo imaginar um lugar assim, nem em sonho.

— Era o nosso esconderijo favorito.

— Puxa, essa tua família é de dar inveja. Mas me conta: você tinha coragem de passar cola com vidro moído nas linhas das pipas?

— Eu não! Morria de medo de me cortar. Quem fazia essa parte era o Zé Carlos. Aí, depois que os papagaios estavam prontos pra alcançarem as nuvens, subíamos os três pelo forro da garagem da casa da vó, pra empiná-los em cima do telhado.

— Além de tudo, eram alpinistas. Nem imagino a complexidade da empreitada.

— O forro cheirava a mofo e a sensação das teias de aranha contra o meu cabelo comprido eram angustiantes. Assim que removíamos algumas telhas, eu podia sentir o cheiro fresco do ar e olhar pro sol, que fazia os meus olhos piscarem. Depois, era uma festa.

— Eu iria morrer de medo de cair de lá de cima. Você não tinha medo de altura, Malu?

— Na época, não, mas, hoje em dia, acho que não teria coragem de subir no telhado. O nosso equilíbrio era bravamente exercitado durante todo o tempo que permanecíamos lá em cima.

— Tenho pavor de altura. Fico tonta só de subir num banquinho.

— Uma vez, minha prima, gorducha, resolveu dançar em

Instantâneos de Ana

cima da caixa d'água. A tampa quebrou e ela tomou um banho. E ela já estava vestida pra ir visitar a outra avó.

— Não se machucou?

— Nada. Só levou a maior bronca da mãe dela.

— Eu imagino o susto e a raiva da mãe dela, de ter que esperar ela se trocar, depois ter que lavar toda a roupa. Eu teria ficado uma fera também.

— Meus tios e meus pais aguentaram muita traquinagem nossa. Em outra ocasião, pulamos pro telhado da casa da minha tia, que era vizinha, e uma das pipas acabou enroscada numa goiabeira da "casa das velhas", que fazia divisa com a casa deles. Meu primo foi buscar o facão do pai e não só destruiu a goiabeira e recuperou o brinquedo, como aproveitamos pra roubar umas goiabas. Minha avó, que vigiava da casa dela, nos pegou em flagrante.

— Tua avó deixava vocês livres, mas não perdia o controle das brincadeiras. E aí, o que aconteceu?

— O Zé Carlos se escondeu na nossa casinha; eu e a Celina tivemos que ir junto com a vó na casa das três irmãs idosas, para nos desculparmos. Elas foram muito gentis, nos ofereceram biscoitos e ainda saímos de lá carregadas de goiabas, bananas e figos.

— Dessa vez, o crime compensou. Você não se arrependeu?

— Claro que sim, mas a minha vergonha foi superada pela minha curiosidade: as três senhoras moravam naquela casa junto com o único irmão homem, que já tinha o cabelo todo branco.

— Quatro irmãos, idosos e solteiros morando na mesma casa é de se estranhar. Você era uma criança perspicaz.

— Não entendia por que nenhum deles era casado, nem tinha filhos.

— Bom, depois que ficou mais velha você deve ter imaginado o porquê. Nenhuma das senhoras era desfeminilizada?

— A mais velha tinha o cabelo bem curto, pintado de preto, usava roupas masculinas. Eu tinha um pouco de medo dela. Ela estava sempre com uma expressão carrancuda. A dona Maria, a mais nova, era um doce, tinha cabelos brancos na altura do pescoço. A irmã do meio, dona Lourdes, era meio apagada, não me lembro direito dela.

— Me conta o fim dessa aventura, fiquei curiosa: que horas teu primo resolveu dar as caras?

— Ele permaneceu escondido até a hora do jantar. Surrupiamos uma carne da geladeira da vó, o Zé Carlos se encarregou de cozinhar um arroz, já meio bichado, da despensa da nossa casinha e de fritar os bifes no nosso fogão de duas bocas.

— Ao menos, ele se deu ao trabalho de cozinhar pra se redimir.

— Eu e a minha prima só tivemos o trabalho de lavar as frutas ganhas. Consideramos um banquete já que fomos nós que fizemos.

— Sua infância foi privilegiada por ter pais, tios e avós tão sensatos e amorosos. Numa época em que quase tudo era vetado pras meninas, você, sua irmã e seus primos tiveram a liberdade de exercitar a imaginação e os músculos, vivendo os papéis que quisessem, conforme o dia e a vontade de vocês.

— Até eu crescer, acreditava que todas as famílias eram assim.

— Na casa das Anas, quase tudo era proibido, era pecado ou era caro demais. A Poliana se descobriu lésbica ainda pequena, mas era frustrada e se tornou agressiva, porque a mãe dizia que era pecado mortal ela ser daquele jeito, e o pai dizia que ela era a vergonha da família.

— Pecado, vergonha, meu Deus, quanta ignorância.

— A Ana, que era mais velha, era dura com todas as irmãs, mas defendia todas as quatro quando precisavam. As irmãs menores da Poliana só sabiam fazer chacota dela. Por trás, claro, porque morriam de medo de apanhar.

Instantâneos de Ana

— Eu também teria dado uns sopapos nelas se fossem minhas irmãs.

— Ela foi se tornando cada vez mais fechada, era o *underdog*, o estranho num ninho disfuncional de cobras, ratazanas e outros bichos peçonhentos. A Poliana teve que se endurecer pra dispor de uma sobrevida naquela casa de gente doente.

— Você fala dela quase com carinho, Carol, como se a tivesse conhecido de verdade.

— Como dramaturga, acabo me apegando a algumas personagens, principalmente às mais vulneráveis. Parece aquela coisa de mãe, de proteger o filho mais frágil. Nos meus textos ficcionais, os personagens são tridimensionais, com qualidades, defeitos, valores, fraquezas, dores, medos e sonhos. Procuro dar humanidade e verossimilhança às pessoas nas minhas histórias.

— Lendo tua peça, tive a sensação de que os personagens, até o traste do pai, que não tem voz — aqui entre nós, achei esse recurso fantástico — eram todos verossímeis, poderiam morar na casa ao lado.

— Essa foi a minha intenção, nada de maniqueísmo, afinal, somos todos complexos, somos bons e somos maus também, dependendo da conjuntura.

— Você sabe se colocar no lugar do outro. Por isso, teus personagens são tão reais. Fico muito grata de você ter almoçado comigo e ter me sintonizado com a Poliana, ou com o Paul se você preferir.

— Quem preferia era ele. Sei que você o compreende, cresceu numa família sem preconceitos.

— Vou me inspirar na minha infância, como moleca, e vou dar o máximo de mim pra buscar essa densidade e a idiossincrasia da personagem, pra representar à altura o desafio.

— Depois desse nosso encontro, estou muito otimista com o teu desempenho como Paul. Vai precisar cortar o cabelo, infelizmente, e disfarçar esse teu sotaque paulista, mas isso vai ser tranquilo, não?

— Tanto o cabelo quanto o sotaque vão estar de acordo com a peça, fica tranquila. Pouco depois de eu completar oito anos, viemos morar em Curitiba. Foi difícil fazer amigos no começo. Eu morria de saudade dos meus primos. Pra minimizar nossa tristeza, minha mãe nos levava no Parque Barigui, onde eu podia andar de patins.

— Imagino como foi entrar numa escola nova.

— Minha única amiga no colégio, a Márcia, foi conquistada depois de uma briga. No primeiro dia de aula, ela ficou imitando o meu jeito "paulistinha" de falar. Dei logo um sopapo na cara dela e saí correndo pra não apanhar de volta. Mal sabia ela que eu estava acostumada a brigar de socos com meu primo.

— Sem falar na raiva e na frustração que acompanharam o soco. Bem feito pra ela deixar de ser cruel.

— Foi bem feito mesmo, não me arrependo. A Márcia tinha o cabelo muito curto, pele clara e pelos escuros e longos nos braços, os olhos negros e irrequietos, parecia um sagui. Achei que ela iria revidar o murro no dia seguinte. Em vez disso, assim que cheguei ao colégio, me perguntou se eu gostava de jogar futebol e se queria me juntar a ela e a alguns meninos no recreio.

— Você jogava futebol também, com seus primos?

— Nunca tinha jogado futebol na vida, mas a perspectiva era melhor do que a de tomar uma surra dela. Assim, nos tornamos uma dupla improvável ou, melhor que isso, imbatível.

— Essa tua capacidade de adaptação já me convenceu de que o Paul não poderia ter uma intérprete melhor. Obrigada por me contar mais essa passagem da sua infância. E sei bem como é difícil fazer amigos aqui.

— Você também não é daqui, né? Veio pra cá ainda criança, também?

Instantâneos de Ana

— Vim pra essa cidade já adulta e, até hoje, só tenho dois amigos que considero íntimos: o Tonho, que vai ser o responsável pelos cenários e figurinos da peça e a Dafne, que será a cabelereira e maquiadora de todo o elenco.

— Se eles forem legais como você, vai ser um prazer trabalhar com eles.

— Eles são excelentes profissionais e seres humanos maravilhosos.

— Me fala da Dafne.

— A Dafne é carinhosa com as pessoas, se preocupa com o bem-estar dos amigos, está sempre antenada aos nossos humores.

— E o Tonho? Artistas plásticos, estilistas, normalmente são meio arrogantes, né?

— O Tonho é mais autocentrado, mas é como um irmão pra mim. Sei que posso contar com ele em qualquer situação.

— Vai ser uma delícia conviver com eles, tenho certeza, Carol. Obrigada por tudo.

— Obrigada a você, Malu, pela tua sensibilidade. Em breve nos reencontraremos nos ensaios. Até lá.

— Isso mesmo, até logo, Carol.

Capítulo 09
Mariana, as fases do luto

Instantâneos de Ana

Reconheço esse rosto que me desafia no espelho. É o mesmo de antes, quase não foi afetado pelo depois. Depois do caos, do choque, da dor, da negação, da raiva e da depressão, dizem que vem a aceitação. Aceitar a mutilação, agradecer pela vida poupada, pela prótese encaixada? Conformar-se com a deformidade? Eu, que sempre fui linda, conformar-me. Nunca!

Exponho meu sexo num teatro do absurdo e o ofereço a quem conseguir se excitar com o meu físico nu, semidestruído. Nem a maquiagem carregada consegue desviar os olhares da minha carne devastada, da ausência dos membros canhestros. Satisfaço o fetiche de alguns senhores da terra em troca de dinheiros graúdos pra alimentar essa tragédia que persiste sendo o meu corpo.

Jurei que ia arrumar um marido rico pra me tirar daquela tapera, que nunca foi um lar. Queria um velho, ainda por cima, que ia me dar menos trabalho. Conheci ele na igreja, depois que a mãe quase me pegou um dia, "rezando com o papai". Pra garantir que o pai não me tocaria, ou que ele não a trocaria por mim, ela passou a me levar na novena junto. Glória aos Céus!

Mal pude acreditar na minha sorte. Fazendeiro, viúvo e louco pra ter um filho. Engravidei logo no segundo mês de namoro, pra apressar o casamento, moça virgem que eu era. Velho safado. Não se casou. Me prometeu vida mansa, eu era tão linda, merecia muitos vestidos, joias, maquiagem e perfumes. Me enrolou.

Me levou pra fazenda e, depois que lhe presenteei com um herdeiro, menino ainda por cima, me cobriu foi de tapas, socos, pontapés e, por fim, tentou apagar o meu ardor – tinha tanto homem jovem e viril naquela lavoura – me empurrando pra dentro da vala de assar costela, no meio da brasa viva. A lenha crepitava com o fogo alto, caí berrando e tentei me levantar, mas ele já me encharcava o corpo de álcool, desmaiei.

Depois de socorrida, internada, dilacerada de tanta dor, depois de todos os enxertos e das amputações, só me restaram dois cotocos no lado esquerdo e muitas cicatrizes amarfanhadas por todo meu corpo antes tão lindo. Quando se conformou que não tinha me dado cabo, comprou de mim o filho. O que eu ia querer com um remelento chorão? Pagou caro e, de troco, exigiu o meu silêncio.

O suborno, mesmo polpudo, não deu para todas as cirurgias plásticas reconstrutoras, mas me comprou a prótese transfemural, uma passagem de ônibus e essa casinha na beira da rodovia. Sirvo almoço diariamente pros caminhoneiros, e a sobremesa é oferecida à parte pelas minhas meninas. Aqui, escolho quem eu chupo, quem me fode e quem me enraba e cobro alto pelo privilégio bizarro.

Capítulo 10
Doriana, os sonhos secretos

Instantâneos de Ana

Passeio por uma calçada sombreada por árvores, num dia de sol. Na minha mão direita, levo um garotinho gorducho, de pele bronzeada e cabelo liso.

Ele tem uns três anos e caminha dando pulinhos, ri tanto que eu não consigo ver a cor dos seus olhos, franzidos. A franja balança junto com o corpo, e eu sinto a vibração das gargalhadas dele subindo pelo meu braço.

Segurando a minha mão esquerda, está uma garota muito séria, de uns cinco ou seis anos. Linda, de cabelos castanhos longos e cacheados, olhos azuis escuros, profundos. Ela torce a minha mão enquanto anda olhando pra trás. Meus filhos. Tão diferentes entre si, os dois, partes de mim.

Um menino de uns três ou quatro anos abre a porta da casa da minha mãe e vai entrando. "Quem é você?", pergunto. Ele diz um nome estranho, parece um apelido, não entendo e deixo pra lá. Usa uma camisetinha vermelha, pego no colo e ele é fofo. Corro pra rua, olho pros dois lados: ninguém. Será que ele está perdido ou foi abandonado? Entrego pra adoção ou fico com ele pra mim?

Amamento meu bebê, sentada no chão, com as costas apoiadas na parede. Local quente, porém arejado, tudo em tons de marrom e ocre. Eu sou jovem e estou sozinha apesar dos outros escravos à minha volta. Meu filho é lindo, um grãozinho de feijão perfeito, curvado de encontro ao meu corpo, com lábios rosados cheios de fome. A luz entra em raios circulares. Escravizada, sozinha, presa numa senzala e, ainda assim, me sinto apaziguada, completa.

Trabalho duro desde adolescente. É trabalho de limpeza, é pesado, é cansativo e, às vezes, é humilhante. Mas com o esforço do meu corpo, conquistei a minha casa.

Há algum tempo, tive meu empenho reconhecido: fui promovida. Agora, supervisiono os serviços de limpeza e de manutenção em todas as escolas municipais da cidade. Respondo direto ao Secretário de obras.

Nunca pensei em me casar, nem namorados tive. Também pudera. Com o mau exemplo de homem que tive do meu pai, era difícil acreditar na existência dos galãs das novelas das oito na vida real.

Instantâneos de Ana

Sempre fui considerada feia, comum, sem graça no mínimo, limitada (pra não dizer burra, que era como a Mariana me chamava). Era invisível pras pessoas em geral, pros homens em particular.

Romance, amor, paixão, tesão e sexo eram tão irreais pra mim, como viajar pra Europa, provar lagosta, chocolate belga ou champanhe. Não faziam parte da minha realidade, simplesmente.

Pra ser honesta (e isso eu sempre fui), a maioria dos dias eu chegava em casa tão acabada, que sonhava apenas com banho, comida farta (arroz, feijão, macarrão e uma mistura qualquer, tudo isso seria um banquete) e cama, pra então começar tudo de novo, no dia seguinte.

Ter filhos, ser mãe e poder oferecer a uma criança tudo que me foi negado na infância, na adolescência e até hoje eram os meus desejos mais secretos, os meus maiores sonhos. Infelizmente, parece que isso não estava escrito pra mim nessa vida.

Pensei em adotar. Tem tanta criança abandonada precisando de um lar responsável, de amor. Tantos pequenos necessitando de, no mínimo, segurança nesse mundo. Depois que recebi a promoção e dei entrada na minha casinha, fui me informar de como me inscrever no Sistema Nacional de Adoção e Acolhimento.

Assisti ao tutorial e cheguei a fazer o meu registro de pretendente. Pensei em adotar uma criança negra, mais crescidinha já – essas têm menos chances de serem escolhidas – ou mesmo dois irmãos, meninos ou meninas, não fazia diferença pra mim.

Já estava sonhando com um filho na minha casa apesar de saber que o processo é demorado e tem muitas fases. Mas era um motivo pra me fazer levantar todo dia, pra seguir lutando. Finalmente, eu tinha um propósito nessa minha vida triste e ordinária.

Aí, aquela doida varrida, aquela desequilibrada, aquela ratiana, enlouqueceu de vez. Pôs fogo na casa deles e acabou sendo trancafiada num manicômio. Dizem que louco é quem rasga dinheiro ou quem come merda.

A Juliana devia era ter comido os cocôs dos bichos dela já que dinheiro nunca teve, muito menos pra rasgar. Incendiar aquele casebre onde eles ainda moravam foi muito pior do que todas as histórias que ela inventava, das fofocas que espalhava, das mentiras que nos jogava umas contra as outras. Espero que fique internada pelo resto da vida.

Não tive coragem de deixar levarem a mãe pra um asilo. Eu sei que ela falhou com todas nós, que ela só se importava com a igreja. Nossa mãe, desde sempre, tinha sido a Ana. Mas fazer o quê se, no fundo, sou mesmo uma manteiga derretida?

Trouxe ela com os seus panos velhos, tudo gasto, tudo cinza, marrom ou preto, tudo de má qualidade, roupas e calçados de segunda – ou de terceira mão, sempre compradas no brechó da paróquia. A Mariana teria um ataque se visse. Essa "zinha" aí, por sinal, depois que se juntou com o fazendeiro rico, nunca mais mandou notícias. Não faz falta nenhuma, a fútil.

Mas eu ainda tenho mais uma fantasia secreta. E essa, em breve, vai se tornar realidade. Já comprei os ingressos. Vou assistir a uma peça de teatro no dia da estreia ainda por cima. A hora em que as luzes se apagarem e as cortinas começarem a abrir, vou deixar aquele mundo imaginário me abraçar e me levar pra dentro dele. E a minha mãe vai junto comigo, lá no teatro da Reitoria. Por mais que ela diga que isso não é de Deus, ela vai, sim. E vai ser um sonho lindo que vou poder realizar.

Capítulo 11
Juliana, a ratiana

Instantâneos de Ana

saiam daqui, saiam daqui, vão embora já, quem deixou vocês entrarem aqui? fora, fora, fora, onde-já-se-viu, saiam já, saiam daqui, internar quem?, como assim, tão malucos?, vocês não têm o direito de me internar, acumuladora?, quem é acumuladora aqui?, nunca ouvi isso, o que é ser uma acumuladora?, quem é acumuladora?, eu não, não sou acumuladora, olha bem pra mim eu sou pobre pobre pobre de marré marré de si, tá ouvindo?, como eu ia ser acumuladora?, acumular o que se não tenho dinheiro?, eu sou pobre, a única coisa que eu podia acumular aqui era cocô, mas cocô não vale nada, eu não ia acumular cocô, vocês vieram aqui limpar, querem limpar os cocôs?, incêndio?, que incêndio?, vocês estão loucos, que incêndio hein?, quem causou um incêndio?, é engano, não foi aqui, quem vocês pensam que são?, não sei porque os vizinhos chamaram os bombeiros antes, deve ter sido trote, as pessoas passam trote nos bombeiros, eles vieram, não foi nada, não tinha incêndio, era trote, já falei pra sair daqui, e você aí com esse colete da rede de proteção animal, pega esse papel aí na sua mão e engole, me dá aqui esse papel, anda, que vou fazer picadinho dele, me dá, saiam daqui, eu não sou acumuladora, eu não acumulo coisa nenhuma, tenho poucas roupas, quase não tenho sapatos, nem móveis no meu quarto, quem tinha muitas roupas, muitas joias, perfumes, batons, era a Mariana, aquela metida que me apelidou de ratiana, ela era acumuladora, eu não acumulo coisa nenhuma, que ridículo, onde--já-se-viu?, acumuladora uma ova, quantas vezes vou ter que mandar vocês saírem?, eu já disse que vocês é que estão confusos, vocês foram enganados, não fui eu, não fui eu, não fui eu que coloquei fogo na casa de propósito, nem de propósito nem sem querer, aliás, não fui eu, não fui eu, quantas vezes tenho que repetir, vocês são burros?, não, não foi isso que eu quis dizer, vocês não são burros não, mas vocês não entendem que eu nunca ia fazer mal pros meus bichinhos?, eu amo os animais, eu protejo eles, eu pego ninhadas e ninhadas jogadas no mato e trago pra casa, eu pego cachorros abandonados na rua, grandes, pequenos, médios tem muitos vira--latas médios abandonados, eu recolho, eu pego gatos pretos, brancos, amarelos, tigrados, eu pego todos que estão na rua, filhotes, adultos, velhinhos, eles me seguem pobrezinhos, eu sou boa, eu sou boazinha, eles me seguem e eu pego, eu tenho dó, as pessoas abandonam pra morrer de frio, de fome, atropelado, eu protejo, tá me ouvindo?, eu pego eles e trago pra casa, o quê?, onde-já-se-viu?, você deve estar cego, só pode, ou então é míope, eles não estão esqueléticos, você é ruim, você está exagerando, eles estão um pouco magrinhos, sim, mas é que depois que a Poliana, aquela trouxa, saiu de casa correndo com a Ana morta nos braços, ela saiu daqui correndo, carregando a Ana como se fosse um saco de batatas nas costas, ou como se fosse uma trouxa de roupas, a trouxa da Poliana com a trouxa da Ana nas costas, ela correu, e correu, o hospital fica longe daqui e ela nunca mais voltou, deve ter morrido de cansaço no caminho também, bem feito se morreu, assim nunca mais vai me

Instantâneos de Ana

chamar de mentirosa, eu não sou uma ratazana ratiana de olho arregalado rata ratona ratiana camundongo ratinha de olho esbugalhado ratiana de olho saltado me diz, anda, me diz, de quem eu ia roubar dinheiro pra comprar ração pros meus cachorrinhos pros gatinhos pros passarinhos, hein?, o hamster e os coelhos comem grama, eles não estão magrinhos, esses sacos de ração aí foi a Doriana que comprou faz tempo, ela comprou faz um tempão, devem estar vencidas já, ela comprou há meses, hein?, esses sacos de ração aí são pra alimentar meus bichinhos, ora bolas, ou vocês pensam que eu como ração?, os sacos estavam fechados, eles estão cheios, como você sabe que esses sacos ainda estão cheios de ração se eu pus fogo neles, como você sabe?, por que eu queimei os sacos de ração, por que você acha hein?, porque se eles comem a ração eles fazem cocô, oras bolas, e é muito cocô, eu não vou limpar cocô nenhum, ai que nojo, eu tenho muito nojo de cocô, a Ana morreu, quem vai limpar todo esse cocô, me diz, vocês vieram aqui limpar os cocôs deles, foi?, depois que a Ana morreu, ficou cada dia pior viver nessa casa, agora todo mundo tem que ajudar a limpar, lavar, passar, cozinhar e arrumar, tenho meus bichinhos pra cuidar, não dá tempo, eu sei que são muitos cães, gatos, passarinhos, coelhos e até um hamster nessa casa tão pequena, mas o que eu posso fazer se encontro eles na rua sozinhos, pedindo ajuda? trago pra casa, eu não estou com problemas, eu sou uma pessoa boa e generosa uma alma bondosa, eu sou cristã, eu sou temente a Deus, eu amo os bichinhos, eu tenho pena dos bichinhos, antes era só um passarinho, mas depois foi ficando cada vez mais difícil de ignorar esses pobrezinhos, as pessoas jogam cães, gatos, coelhos e até passarinhos aqui na porta de casa, deixam com as gaiolas, às vezes, ou então, os cachorros e os gatinhos me seguem na rua, me pedem pra trazer eles, eu trago, antes a Ana não deixava, mas ela morreu ou se suicidou com o gás, sei lá, eu acho que ela se matou, sim, era muito trabalho, e a otária da Poliana saiu correndo com ela morta nos braços, a

Poliana que não era boa da cabeça, aquela otária, ela que devia ser internada, ela se vestia de homem, queria ser chamada de Paul, falava palavrão, cuspia, e a Ana mandava ela me dar banho, ela ia me dar banho, eu mordia ela, chutava, berrava, arranhava, eu não gosto de tomar banho, eu detesto tomar banho, meus cachorros nunca tomam banho e estão muito bem, muito bem, eu estou muito bem, o que são esses sacos de lixo?, o que tem dentro?, vocês resolveram catar os cocôs?, viu quanto cocô que tinha?, não era cocô?, como assim, carcaças?, carcaças?, carcaças de bichinhos, é isso?, mas eu não matei os meus bichinhos, eu amo os animais, eu sei que alguns estavam magrinhos, mas não iam morrer de fome. ou iam?, cachorrinhos e gatinhos queimados, também?, impossível, vocês são mentirosos, os gatinhos comem ratos, eles não morrem de fome, e os cachorrinhos comem cocô e comem os restos dos outros cachorrinhos, dos coelhinhos e dos passarinhos, que restos?, ninguém falou de resto nenhum aqui, você disse que tem bichinhos mortos aí nesses sacos de lixo?, eu não acredito, não acredito em você, você está mentindo, eu cuidei pra eles ficarem fora da casa pra não se queimarem, tirei as gaiolas de lá; onde eles estavam?, dentro do armário do meu quarto?, não pode ser, não pode ser, não pode ser, minhas gatinhas que se escondiam lá, não, o cachorrinho que ficava amarrado no pé da minha cama, não, foi tudo muito rápido, não lembrei deles, ele ficava amarrado lá pra não morder as gatinhas, era tão bonzinho... o dia todo amarradinho... quietinho... você está mentindo, ninguém morreu no incêndio, ninguém, que incêndio?, nem teve incêndio nenhum, como assim meu pai morreu?, você é mentirosa, quem é você com esse uniforme?, tem até revólver na cinta, é pra me matar?, quem é você?, quem morreu?, meu pai não morreu no incêndio coisa nenhuma, que incêndio?, ele era bêbado, ele deve ter deixado o cigarro aceso do lado da garrafa de cachaça e botou fogo na casa, foi isso, arrá!, ou pode ter sido o gás do fogão que escapou de novo, a Ana morreu envenenada com o gás, pode

112

Instantâneos de Ana

ter sido o gás que escapou, e a casa pegou fogo, essa casa velha de madeira, e o pai tem mania de guardar querosene na varanda, não posso nem passar do lado dos galões, ele me proibiu, disse que é perigoso, pode pegar fogo, ele guarda querosene na varanda pra quê?, não fui eu que joguei querosene nele, desmaiado de tão bêbado, deve ter sido a minha mãe, ela tem raiva do papai porque descobriu que ele e a Mariana faziam aquelas coisas, ela descobriu as coisas indecentes que eles faziam quando ela estava na novena, antes da Mariana ir embora com o fazendeiro, deve ter sido ela que não queria limpar os cocôs dos meus bichinhos, quando os bombeiros chegaram eu estava lá sentadinha chorando, assustada embaixo da única árvore no meio do quintal, eles me viram lá sentadinha, pergunta pra eles, liga lá nos bombeiros e diz que não é trote, pergunta se eu não tava lá quietinha embaixo da árvore, assustada, chorando, quem chamou vocês aqui? SAIAM DAQUI! Papai e mamãe eram tão religiosos, minha mãe fazia novena, ia na igreja toda semana, tinha nome de santa, os dois eram tão religiosos, liam a bíblia e, no fim, bem no fim, quer saber?, já vão tarde pro inferno, nem vão sentir tanto calor lá, nem vão se importar com o fogo do inferno, já estão queimados mesmo, não, não, não foi isso que eu quis dizer, você não entendeu direito, espera, pra onde vocês vão levar os meus gatinhos, meus cachorrinhos, meus coelhinhos? onde estão os passarinhos?, me solta, algema não, OQUEÉISSO?, me solta ou te mordo, eu mordo, eu arranho, eu grito, eu chuto, eu cuspo, pra onde vocês estão me levando?, vou poder ficar junto com eles?, me deixa ficar com meus bichinhos, mas se derem comida, ração, alpiste, eles vão fazer muito cocô, e aí?, quem vai limpar todo o cocô?, quem?

Capítulo 12
Paul, por ele mesmo

Instantâneos de Ana

Eu fui uma menina aos olhos da minha mãe, das minhas irmãs, das professoras e de alguns meninos no colégio. Uns desgraçados, inclusive, tentaram me provar que eu estava errado, que eu não gostava de homem porque não tinha sido bem comida.

Se a Ana não tivesse aparecido aquele dia no campinho, do nada, eu teria sido currado por um bando de covardes escrotos. Eu resisti, empurrei, soquei, chutei, cuspi, xinguei, berrei, mas eram quatro valentões, maiores do que eu. Eles me bateram, taparam a minha boca, me agarraram e me levaram pra dentro do matagal. Comecei a chorar, implorei, e eles riram.

Pararam de rir quando a Ana arrebentou a cabeça do primeiro com uma paulada.

Ela parecia uma guerreira rodando aquele pedaço de madeira como se fosse um tacape, pronta pra matar por mim.

Aí, reagi também.

E as maricas, aqueles viadinhos, antes tão valentes, fugiram. Correram como as mulherzinhas que no fundo eram. No dia seguinte, na hora do recreio, a Ana apareceu no pátio do colégio, não sei onde ela arrumou aquela machadinha, e ela prometeu pra cada um daqueles bostas que iria até o inferno e caparia um por um se tentassem tocar de novo mim.

Essa era a Ana.

Eu nunca me vi, nunca me senti outro, que não um menino. Por isso a minha revolta, a minha agressividade, a minha forma violenta de calar a boca de quem queria me convencer de que eu não podia ser quem eu era de verdade, que eu não podia ser quem eu sempre fui, ao menos pra mim mesmo.

A Ana não entendia direito o que acontecia comigo, mas era a única que respeitava, que me aceitava como eu era.

Defeituoso assim mesmo, porra! Ela não acreditou nas mentiras da Juliana.

A Ana enxergava a gente por dentro.

Por causa dela, eu acreditava que Deus existia. Não aquele Deus mercenário e duas caras da Bíblia que o vagabundo do meu pai dizia que estudava, nem o Deus raivoso e vingativo que pregavam os padres da igreja que a babaca da minha mãe frequentava.

Eu não me deixava convencer que Deus era aquele cabeludo de barba, olhos azuis e camisolão que andava sobre o mar. Esse era parecido com o professor de música lá da escola.

Se Deus existia, se Ele era bom e perdoava os nossos pecados, se Deus amava de verdade as criancinhas, Ele devia ser muito parecido com a Tia Anastácia.

A Ana pegava emprestados os livros do Sítio do Pica-Pau Amarelo na biblioteca do colégio e, mesmo chegando da aula tarde da noite, exausta, antes da gente dormir, ela lia pra nós.

A Tia Anastácia, pra mim, era bondosa como Deus devia ser. Ela tinha uns peitões gigantes pra embalar a gente no colo e nos proteger e, junto com a Dona Benta, elas não só perdoavam

Instantâneos de Ana

os nossos pecados, a nossa gula, como insistiam pra gente comer bastante bolo de fubá, pamonha e goiabada cascão.

Já o diabo era magro e ressentido, como o meu pai.

Devia estar de regime porque tinha enjoado de comer o pão que ele mesmo amassou, filho de uma puta.

Vivia com a cara fechada, queria parecer assustador. Mas afinal, quem ia se assustar com um bêbado de merda? Não eu.

Em vez de rezar antes de dormir, preferia imaginar o paraíso como um campo de grama verde e macia, com um barulhinho de riacho pedregoso ao longe.

Lá, morava Deus, que, todas as noites, me segurava em Seus braços protetores e me sussurrava canções de ninar.

Antes da Ana acabar a leitura, eu já tava dormindo.

Nesse lugar de sonho eu tinha paz, eu me sentia amado e protegido.

Ana, Ana, mas que merda é essa? Que porra de cheiro fúnebre é esse que eu tô sentindo? Me diz, mãe, que caralho que tá acontecendo aqui? O que foi que você aprontou dessa vez? O que é esse fedor de gás dentro de casa? Ana, morta?

Nem a pau. Não mesmo! Cê tá é louca, sai da minha frente. Me dá ela aqui! Anda, cala essa boca, para de rezar e sai da minha frente. Vou levar a Ana já pro hospital. Sai, sua tapada, imbecil, burra, idiota. E abre as porras das janelas, velha imprestável, anda, vai.

Capítulo 13
Instantâneos de Anas, a estreia

Instantâneos de Ana

Festival de Teatro de Curitiba – Teatro da Reitoria, 10 de março de 2024.

O diretor reúne todo o elenco e o pessoal técnico no palco uma hora antes do espetáculo começar. É um homem franzino que disfarça bem os tremores das mãos com gestos largos. Seu crânio grande e isento de cabelos poderia ser considerado sinal de inteligência pelos mais antigos. Sua pele não entrega todas as histórias que viveu, seu vigor deve jorrar de um espírito teimoso e de uma dieta saudável, apesar de insistir no vício do cigarro. Ele o usa como um biombo.

O tom quase monocromático das suas roupas combina com os pelos brancos do seu cavanhaque bem aparado, e os óculos servem como lente de aumento pros seus olhos esverdeados, falconídeos.

Quando discorre sobre o teatro, sua paixão, o homem cresce em estatura, expande a amplitude das suas asas e nos instiga a voarmos. Econômico com seus sorrisos, não perdeu a capacidade de rir de si mesmo: durante o ensaio geral, confessou que, na noite anterior, tinha colocado o prato com o jantar pra aquecer na geladeira e ficou esperando o apito do micro-ondas e que, hoje, se atrasou porque mandou o motorista do táxi tocar pra Capela Santa Maria em vez de vir pro Teatro da Reitoria.

Dando risada, comentou que, felizmente, ambos os teatros são no centro da cidade, próximos um do outro, e o atraso foi de poucos minutos.

Na sequência, fez um exercício de relaxamento, de aterramento e de circulação de energias. Formou um círculo com os atores, e todos, de mãos dadas, fizeram uma prece.

Seu assistente, percebendo meu interesse, me explicou que a oração ecumênica integra os rituais dos atores de teatro, promove a união do elenco e traz a conscientização de que todos precisam de todos pra que o espetáculo saia perfeito uma vez que cada ator tem a sua devida importância no palco. Pra finalizar, o diretor desejou "merda" aos atores e que se divertissem muito encenando.

Aí então, um misto de emoções perfumadas, sabores de vento e de vinho tinto me dominam. Afasto um pedacinho da cortina preta da coxia e espio a plateia. Teatro quase lotado, muitas pessoas ainda se acomodando. No corredor, quase alcançando uma das primeiras filas, uma senhora com uma parte do rosto desfigurada vem apoiada no braço de uma mulher de compleição madura. "Não pode ser, estou me deixando assombrar por espectros. Esse roteiro afetou o meu discernimento."

Olho novamente, desta vez pelo outro lado do palco, e as duas já estão sentadas na plateia central, quarta ou quinta fila. Não é alucinação.

Abrem-se as cortinas, meus joelhos parecem moldados em gelatina, minhas pernas estão cheias de ar, meus ossos derreteram, enquanto meu estômago parece uma betoneira empanturrada de cimento. Desço quase correndo pros camarins antes de dar um vexame.

— Carol, meu bem, achei que você ia ficar lá em cima acompanhando a movimentação. Quer um pouco de água?

— Não, obrigada, já vou ficar bem. Só queria ficar num lugar tranquilo, sem gente, sem movimentação.

— Você está com uma cor estranha. Deve ser a ansiedade da estreia. Posso te fazer uma maquiagem leve se quiser. Senta aqui.

— Não, obrigada, Dafne, só preciso me acalmar um pouco. Durante o intervalo, vou me misturar com a plateia no saguão principal, quero tirar uma cisma.

— Que cisma, Carol? Vim atrás de você depois que te flagrei olhando pela coxia. Deu a volta e foi olhar pelo outro lado, como se fosse pra ter certeza do que via. Saiu de lá como se tivesse encarado um fantasma.

— Você consegue fazer a leitura das minhas expressões, Tonho. Me decifra sem eu pronunciar uma palavra. É impressionante essa nossa sinergia.

— O que foi? Ou melhor, quem foi? Vai me dizer que aquela nojenta da mãe do Antônio veio aqui puxar teu saco, agora que você vai ser famosa? Resolveu virar tua amiguinha por acaso? Quem sabe veio devolver aquele dinheiro que você emprestou pro canalha do filhinho dela?

— Esquece essa história, querido. Eu já esqueci.

— Duvido que ela soubesse que o Antônio estava viciado em jogatina. Sempre achei a morte dele, num assalto, muito suspeita.

— Também achei que ele pode ter sido morto por não ter saldado uma dívida de jogo, mas isso não me importa mais. Não foi a mãe dele que eu vi, não. Ela não me deixaria nesse estado catatônico.

— Me diz, anda, Cacá, fala logo de uma vez quem te deixou abalada desse jeito que eu vou lá e dou na cara de quem quer que seja.

— Você devia estar lá do lado do palco, Tonho, vai que algum ator precisa de um ajuste na roupa?

— Eles que se virem sozinhos, já me deram muito trabalho hoje. E você é muito mais importante pra mim do que todos eles juntos.

— Vou ficar aqui com a Dafne por mais alguns minutos. Estou bem. Obrigada, meu amigo.

— Tá bem uma ova. Você tá com a mesma cara daquele dia lá em Morretes, quando nos contou da sua irmã assassinada.

— Dá um tempo, por favor, Tonho, você é tão insensível. Quer piorar o estado dela? Não liga, Carol, nem responde a ele.

— Não sou insensível porra nenhuma, Dafne. Tô preocupado com ela, cacete.

— Fica quieto um pouco, Tonho. Respira fundo, Carol, relaxa, não se deixe afetar por quem quer que seja, querida. Hoje é o dia mais importante da sua vida, seu nome vai se tornar conhecido.

— Você sabe qual é o meu nome, Dafne?

— Claro que sei, é Carolina Gonçalves Lima.

— Engraçado, meu último sobrenome quer dizer "aquele que atravessou o rio do esquecimento". Só que eu não esqueci nada, nunca atravessei esse rio. O passado ainda me atocaia com flashes na penumbra.

— Então É SIM alguém do teu passado, eu sabia. É um parente do interior, Carol? Alguém da tua família lá daquele fim do mundo, onde o diabo perdeu as botas?

— Ah, amigos, essa peça é o inventário verdadeiro das minhas dores.

— Agora, eu entendi tudo. Finalmente, tá tudo se encai-

Instantâneos de Ana

xando. O nome completo dela, Dafne, é Ana Carolina Gonçalves Lima. Então é isso, Carol. Você é a Ana da peça?

— A Ana morreu, Tonho, envenenada por gás de cozinha. Essa aqui que vocês conhecem tão bem é a Carol, gerente de vendas de uma loja de grife, ou a Ana Carolina, dramaturga em ascensão.

— Desde quando e, mais importante, porque você deixou de ser a Ana, Carol? Essa peça foi escrita em cima dos fatos do teu passado? Tua família desgraçada acha que a Ana morreu?

— A Ana vivia infeliz e não conseguia enxergar uma saída pra vida medíocre que levava naquela cidadezinha excluída dos mapas, naquela casa construída em cima de sofrimento e hipocrisia.

Não que ela estivesse conformada com aquele destino de semiescravidão imposto por esse espectro que acabei de vislumbrar: essa velha de rosto desfigurado que não me inspira hoje qualquer sentimento, uma pseudobeata manipuladora, que se dizia minha mãe.

De alguma forma, essa mulher me fez acreditar, desde pequenininha, que aquela era a minha vida, a única que eu merecia, e que eu deveria ser grata a ela pelo pouco que tinha.

Minhas memórias mais antigas são de um fogão assustador, eu em cima de um banquinho mexendo uma sopa dentro de um caldeirão, me desequilibrando e trazendo comigo a panela, o líquido fervente respingando no meu corpo, minha mãe berrando que eu era uma burra desajeitada e que, por culpa minha, eles ficariam sem jantar aquele dia, me batendo sem parar com o chinelo preto de borracha, mirando os golpes nas partes feridas, onde a sopa tinha espirrado e, antes de me fazer limpar tudo, me fez lamber a gororoba do chão já que jogar comida fora era pecado.

Meu pai chegou pouco depois, bêbado, como de costume. Eu não apreendia completamente o significado, mas entendia o conceito de bebedeira, identifiquei os sinais e me preparei pras consequências. Tomei mais uma surra, mas, desta vez, de cinta.

Minha mãe então me colocou ajoelhada sobre grãos de feijão e me fez rezar dez Pais-nossos e dez Ave-Marias. Se eu errasse alguma frase da reza, tinha que começar tudo de novo.

Antes de dormir, tive que colocar de molho aqueles grãos meio ensanguentados. Seriam o almoço do dia seguinte. Tudo aquilo era pro meu bem, ela gralhava, pra eu aprender a ser menos distraída, pra não desperdiçar a comida da minha família, comprada com o suor do trabalho do meu pai e pela graça do Senhor. "Engole esse choro e reza pedindo perdão a Deus, sua mal-agradecida, você teve muita sorte de ter sido só uns pinguinhos que te queimaram!"

Por esse pão pra comer, por esse chão pra dormir, a certidão pra nascer e a concessão pra sorrir, por me deixar respirar, por me deixar existir, Deus lhe pague, Dona Joana.

— Dona Joana, o inferno te espera sua velha maldita! Como você pôde aguentar viver com esses monstros, Cacá?

— Depois desse episódio, não me lembro de ter passado um dia em que não me sentisse apavorada, morrendo de medo de fazer algo errado e ser duramente castigada, mais uma vez. Cresci temendo a minha sombra, em pânico, tremendo a cada olhar enviesado da minha "mãezinha querida".

— Nossa, Carol, parece um enredo de filme de terror. Estou enjoada, acho que vou passar mal. Está doendo em mim. Como você sobreviveu a isso tudo, meu bem? Como não enlouqueceu?

— Eu tinha insônia e, quando conseguia dormir, exausta de tanto trabalhar como doméstica não remunerada, era assombrada por pesadelos recorrentes: sempre sozinha, perdida num local estranho, muito frio ou muito abafado, ninguém me dizia onde eu me encontrava, nenhum rosto familiar ao meu alcance, aí então encontrava um telefone antigo que não funcionava, não conseguia chamar por socorro.

A sensação de pânico me fazia acordar banhada de suor, e aí a realidade quase tão distópica quanto o sonho recém liberto, me

Instantâneos de Ana

agarrava pelo pescoço e me colocava de volta na canga de todos os dias.

Meses após estar vivendo em Curitiba, eu ainda sofria com diarreias injustificadas, dores de cabeça que se tornavam enxaquecas em poucos minutos e me deixavam prostrada por horas. Choro convulsivo sem razão aparente, tonturas, falta de ar, queda de cabelo, unhas quebradiças que descamavam quase diariamente, feridas cutâneas que não cicatrizavam, dores de estômago que eram como uma bolada violenta na barriga, refluxo, queimação.

Isso tudo, sem falar na insegurança e no complexo de inferioridade, na crença irreal que me fora inculcada de que eu não valia grande coisa e que deveria ser grata pelo pouco que recebia. Foi, e sob certos aspectos ainda é, um processo muito dolorido de cura emocional.

Eu morria de preocupação com as minhas irmãs menores. Além de sentir saudade delas, por mais incrível que possa parecer, eu me atormentava com remorsos de tê-las deixado nas mãos daqueles dois doentes já que não estaria mais lá para as proteger. Me angustiava imaginar que a nossa querida mãezinha teria transferido a uma delas, ou às três, a minha carga diária de trabalho. Elas não aguentariam.

— Mas você aguentou, desde pequena. Se não tivesse ido embora, vai saber o que teria sido de você, amiga.

— Não consigo imaginar, Dafne. E aí, quando perdi o Paul, regredi consideravelmente na terapia. Passei dias em casa, prostrada, sem querer tomar banho, sem me alimentar, sem propósito, sem motivo pra seguir vivendo. Eu desejava dormir e não acordar mais. Até me matar daria muito trabalho. Só queria me apagar, como a chama de uma vela de cera quando alcança o fim do pavio. Sonhava em me extinguir lentamente e, então, sumir. De maneira indolor, simples, silenciosa. Meu terapeuta foi quem me tirou de dentro daquela caverna emocional onde eu pretendia hibernar até o fim dos tempos.

— No teu lugar, acho que eu teria me matado de verdade, Cacá. Te conheço há tanto tempo, sabia que tua história era pesada, mas não podia imaginar o quanto você tinha sofrido.

— Ah, Carol, eu te conheço há muito menos tempo que o Tonho, mas só o que posso te dizer é que você é fantástica, você foi capaz de superar tudo isso.

— Escutem, é o sinal do intervalo. Vamos comigo lá no saguão, vocês dois, me ajudem a procurar uma velha com o rosto direito vincado por cicatrizes de queimadura e uma mulher de corpo sólido, aparência comum, alguns anos mais nova que eu, mas maltratada pela vida.

— Uma velha desfigurada, bem feito pra ela, com uma gorda e feia acabada. Que dupla, Jesus. Entendi, Cacá.

— Vamos rápido, levem os celulares e quem as encontrar primeiro, me liga. Depois do intervalo, nos encontramos aqui de novo e conto tudo pra vocês, tudo mesmo dessa vez, prometo. Vamos.

— Andei por tudo, Carol, fui até na plateia, vasculhei as fileiras, só achei um ex-ficante meu, fingi que não reconheci. Você também, nada, Dafne?

— Nada, Tonho, entrei no banheiro, inclusive, olhei por baixo das portas dos reservados. Pela tua cara, você também não as encontrou, não foi, Carol?

— Não. Mas não foi imaginação minha, era a minha mãe se apoiando na Doriana.

— Agora desembucha tudo, Cacá. Anda.

— Quanta sutileza, só que não, hein, Tonho? Não sente vergonha?

— Tudo bem, Dafne. Preciso contar tudo pra vocês. Sentem, por favor.

Instantâneos de Ana

— Respira fundo e não para até chegar ao final dessa história, por favor, Cacá.

— Depois do acidente com o gás de cozinha – o primeiro ato da peça – que foi um acidente mesmo, fogão velho, mangueira do bujão remendada. Enfim, quando acordei, estava na enfermaria do hospital público da cidade vizinha à nossa, com o Paul ao meu lado. Ele sempre quis ser chamado assim e eu passei a respeitar, a tentar entender o que se passava com ele. Aquele dia, quando chegou da oficina mecânica, o Paul me encontrou desmaiada, e minha mãe, histérica, berrava que eu estava morta. Ele me colocou nas costas e saiu correndo. Segundo ele, enquanto corria, pensava em como ia conseguir alcançar o hospital na outra cidade.

— Nossa, que cara forte. Acho que era o único irmão que te amava de verdade, Cacá. Como ele conseguiu te salvar?

— Poucas quadras depois, escutou uma buzina nervosa de caminhão. Era um cliente, um dos poucos que fazia questão de que o Paul consertasse a sua carreta. O caminhoneiro nos deixou na porta do hospital, estacionou e ficou conosco até ter certeza de que eu seria atendida, de que iria sobreviver.

— Meu Deus, Carolzinha, o Universo estava ao seu lado. E aí?

— Voltaram de madrugada pro nosso município. O Paul entrou em casa sem ser notado, todos dormiam. Recolheu tudo o que era dele, os meus poucos objetos, roubou uma mala do pai e o dinheiro que a mãe escondia dentro da bíblia e foi embora, leve de remorsos. Pegou um ônibus até a cidade onde eu estava internada e, quando tive alta, nos mudamos pra uma pensão aqui em Curitiba.

— Como eu gostaria de ter conhecido seu irmão. Que ser humano extraordinário o Paul deve ter sido. Me desculpe, continua, por favor.

— Ele logo arrumou emprego numa oficina mecânica, e eu comecei a trabalhar como auxiliar de limpeza numa loja de roupas.

Meses depois, vendo que eu sabia atender bem às clientes, que não só fazia a limpeza e servia café, mas que eu ajudava nas vendas, nas embalagens pra presente, a proprietária me promoveu à vendedora.

— Você é a melhor vendedora que eu já conheci, Cacá. Mas demorou até se tornar gerente, não foi?

— Mais alguns anos e fui trabalhar em outra loja de roupas num shopping center, entrei na faculdade de Letras e fui indo até chegar no emprego onde vocês me conheceram.

— E, ainda por cima, conseguiu se formar. Você é admirável, Carol.

— Com o passar do tempo, eu e o Paul alugamos uma quitinete no centro. Ele comprou um carro popular já bem rodado, e, aos poucos, o reformou inteirinho na oficina em que trabalhava. Com a ajuda do seu antigo cliente, o caminhoneiro, que era a única pessoa da cidade que sabia tudo sobre a fuga, tínhamos retalhos de notícias da nossa família.

— Eu nunca mais ia querer saber deles, juro por Deus. Que se fodessem todos. De preferência, juntos. Continua, amiga.

— Pelas conversas esporádicas entre os dois, soubemos que a Mariana tinha ido morar com um fazendeiro rico, que a Juliana tinha se tornado acumuladora de animais e provocado um incêndio em casa, que resultou na morte do pai e em queimaduras graves na mãe, e que havia sido internada num manicômio, provavelmente pelo resto da vida. O Paul chegou a ficar com pena dela, eu não.

— Pena, eu, hein? Olha só. Se foderam mesmo, quase todos juntos.

— A última notícia que tivemos de lá, foi que a Doriana havia se tornado chefe da manutenção e limpeza dos colégios municipais. Tinha conseguido comprar uma casa pequena e levado a mãe pra morar com ela. Fiquei feliz pela Dori, que trabalhou duro a vida inteira.

Instantâneos de Ana

— Além de feia e gorda, essa Doriana é meio tapada, né? Eu deixava essa velha escrota num asilo bem nojento, daqueles em que os velhos todos fedem a mijo. Ia ser pouco ainda pra essa monstra. Isso nunca foi mãe.

— Esse senhor, num desses telefonemas, acabou soltando pro Paul que eu era mesmo adotada. Antes de dirigir carretas, ele teve um guincho. Um dia, foi rebocar o carro velho do pai na entrada da cidade e, quando chegou lá, estavam os dois e eu no banco de trás.

— Ah, não, agora eu vou chorar, não aguento de tanta tristeza, Cacá. Você ainda era pequenininha?

— O motorista acreditava que eu devia ter menos de três anos na época. Ele sabia que os nossos pais não tinham filhos. Os dois então tentaram se explicar, contaram que eu era a nova filhinha deles e pediram segredo. Logo em seguida, a dona Joana engravidou e não parou mais de ter bebês, uma escadinha de meninas até a chegar na Juliana. Fez todo o sentido pra mim.

— E o que aconteceu com o Paul? Conta, Cacá.

— Ele se envolveu com a esposa do dono da oficina onde trabalhava, aqui em Curitiba. O caso já durava meses, ele estava mais solto, bem feliz, parecia outra pessoa. Até então, havia se relacionado só com mulheres erradas. Umas eram safadas, interesseiras, só queriam arrancar o pouco dinheiro que o Paul tinha. Outras davam sinais imprecisos e quando ele já estava apaixonado, repeliam qualquer tentativa de contato físico.

— Já vi todo esse filme antes, só que com homens errados.

— Diziam que ele tinha confundido tudo, que era só amizade, que gostavam de homens mesmo. E ele sofria, se culpava e se retraía cada vez mais. Como iria paquerar uma amiga? Como fazer pra tentar beijar a boca de uma mulher e não levar um tapa na cara? Como se fazer entender sem ser xingado de sapatona, mulher-macho, caminhoneira?

— Eu e o Tonho sabemos na pele o que teu irmão passou. O preconceito contra gays, lésbicas, trans e todos aqueles que não são binários nunca vai deixar de existir. Pode até ser disfarçado, mas nunca será extinto. Que bom que, ao menos por alguns meses, teu irmão soube o que era o amor de verdade, Carol.

— É o que me consola, mas, ao mesmo tempo, me corrói saber que ele não pôde viver esse amor até ficarem velhinhos juntos. A mulher havia decidido se separar do marido e assumir a relação deles, foram passar o fim de semana no litoral pra comemorar. O Paul era louco pela praia, sonhava em morar lá, um dia.

— Eles sofreram um acidente?

— Na descida da serra, bem naquela curva aberta onde tem uma igrejinha amarela pendurada no barranco, o carro deles voou direto. Foram encontrados na manhã seguinte, no fundo do precipício, mortos.

— Voou direto? Como assim?

— Eu tenho certeza que foi assassinato duplo.

— Você acha que o dono da oficina adulterou os freios pra causar o acidente, Carol? Deus do céu, a crueldade do ser humano é ilimitada.

— Tenho certeza, Dafne. Não havia marcas de freada no asfalto, mas eu não tinha dinheiro pra abrir uma investigação particular e provar a culpa dele. Tive vontade de ir até a oficina e fazer um escândalo, tirar satisfações, arranhar a cara do homem, sei lá, eu não me conformava. No fim, não fiz coisa nenhuma, nada traria meu irmão de volta.

— Além de corno, esse ex-marido é um filho da puta covarde e lazarento, Cacá, mas vai encontrar alguém pior que ele, machão de merda. Aqui se faz...

— Não quero vingança, Tonho, só queria justiça. Foi muito doloroso ficar sozinha no mundo, sem a força e a obstinação do meu irmão. Quase um ano depois, conheci o Antônio.

Instantâneos de Ana

— E aquele vagabundo se aproveitou da tua fragilidade, claro. Agora tá explicado.

— Eu ainda estava de luto, mas ele soube falar as coisas certas, soube agir como se eu fosse a pessoa mais especial, a única pessoa no mundo dele. Depois de me conquistar, me traiu de várias maneiras. Mas essa história vocês já conhecem.

— Você acredita que o Paul cogitava uma transição de gênero, Carol? Será que ele, assim como eu, também ansiava ter um corpo reconstruído por hormônios e por cirurgia, que estivesse finalmente em comunhão com a alma dele?

— Pensei nisso muitas vezes depois que te conheci, Dafne. Mas não tenho como saber ao certo. Eu e o Paul nunca nos sentimos à vontade pra tocar em assuntos tão íntimos.

— Gente, escuta só. São os aplausos.

— Carol do céu, que barulhão! Será que a peça já acabou?

— A performance terminou, sim, e deve ter sido um sucesso. Vamos subir pro palco, Carol. Arruma suas tralhas, junta seu estojo de maquiagem e vem encontrar com a gente, Dafne. Vamos, corre, Cacá!

Mal chego perto do elenco, e o diretor agarra minha mão, me puxa pra última chamada ao palco. Aplausos vivos retumbam no meu coração. Os panos se fecham e, diante da insistência do público em continuar aplaudindo, há uma nova e derradeira chamada de cortina.

Só consigo focar em duas mulheres na plateia. Doriana se levanta, rosto alisado pelas lágrimas, mira dentro da minha alma e aplaude. Minha mãe tenta me alcançar, disparando dardos envenenados com a vista boa. Me amaldiçoa sem balbuciar palavra. Eu alcanço o sorriso mais generoso no fundo dos meus olhos e ofereço às duas.

As cortinas se fecham pela última vez.

135

Capítulo 14
A última carta

Instantâneos de Ana

Curitiba, verão de 2024.

Passo de carro em frente à Praça Espanha e vejo uma vaga pra estacionar na porta da minha sorveteria predileta. Paro e me deparo com uma dúvida: trufas ou chocolate belga?

— Moça, por gentileza, me sirva uma bola de cada, na casquinha, por favor. Agarro meu sorvete e me posto num banco antigo, de madeira. Reparo do outro lado da praça: uma mulher caminhando de mãos dadas com uma menina de uns seis, sete anos. A menina tem cabelos longos, castanhos, e vem saltitando ao lado da mãe que, sem muita paciência, tenta arrastá-la.

A pequena não se deixa contagiar pelo humor soturno dela e continua falando e sorrindo. Ou talvez ela esteja cantando, não importa. O fato é que a rabugice da mulher não afeta a alegria da criança. Adorei essa menina. Sinto uma saudade imensa da mãe que eu não tive.

Meu sorvete está pela metade ainda. Observo um casal de idosos se aproximando do centro da praça. Ele usa calças acinzentadas, com camisa branca e suspensórios. Ela porta um pequeno chapéu de palha branco, usa um vestido azul claro, de tecido leve.

O chafariz e o coreto reforçam a impressão de eu estar vivenciando essa cena numa cidade do interior, nos anos cinquenta. O casal, de braços dados, se posta em frente ao chafariz. Ele pronuncia algumas palavras, uma prece, uma declaração de amor renovado, talvez. Ela sorri.

Ato contínuo, ele tira do bolso algumas moedas e, segurando a mão direita da esposa, devem ser casados há, no mínimo, uns cinquenta anos, atira as moedas, uma a uma, dentro d'água.

Um varredor de rua, usando roupas inapropriadas para este calor, também observa a cena e balança a cabeça negativamente, inconformado com o desperdício. Sinto um líquido gelado escorrendo pelos meus dedos. Entretida com o casal, deixei o sorvete derreter. Jogo o resto na lixeira que o gari empurra. Ele me olha e, mais uma vez, balança a cabeça negativamente.

Com a sensação de tempo bem vivido, aproveito para escrever a minha última carta já que aquela que deixei guardada numa gaveta há tanto tempo, a carta que tentei escrever pros meus pais adotivos, queimei. Tudo o que eu tinha para lhes dizer foi dito há meses, no palco.

Curitiba, verão de 2024.

Oi, Paul, tudo bem?

Tenho certeza de que você, aí onde estiver, vibrou muito

Instantâneos de Ana

com o sucesso da minha primeira peça de teatro e com tudo que ela trouxe, de roldão, pra minha vida e pra minha carreira, desde a estreia. Mas não é sobre isso que quero te falar, nem sobre a aparição da mãe e da Doriana na plateia. Elas não me assombram mais. As pessoas precisam ver os mortos, queimá-los e espalhar suas cinzas e, depois, começar a contar suas histórias. Os mortos não deixam em paz quem não conta suas histórias. Estou em paz finalmente.

Não há mais necessidade de falar sobre o nosso passado. Nós dois conversamos tudo o que precisávamos, na época. Foi catártico poder te pedir perdão pela minha ignorância, pelo meu julgamento, quando ainda morávamos naquele casebre caiado de sofrimento. Nunca vou te agradecer o suficiente por ter me salvado, primeiro do envenenamento por gás e, na sequência, daquela família tóxica. Tudo isso ficou pra trás.

Quero te contar uma coisa já faz um tempo. Uns quatro meses, ou quinze semanas e meia, exatamente. Já adivinhou? É isso, estou grávida! Não, não foi descuido, não, imagina. Na minha idade, dizer que engravidou sem querer seria uma piada – de mau gosto ainda por cima. Ao contrário, foi tudo planejado, bem estudado e muito caro. Eu vinha economizando pra tirar um sabático no Sul da França, mas no fim... A verdade é que sou mais prosaica do que me enxergava.

Nada do tipo "quem vai cuidar de mim na velhice", deusmelivre. O dinheiro das fraldas geriátricas já tá guardado. Era mais uma sensação inquietante de au-

sência, como se eu estivesse girando num vazio, entende? Já tinha plantado árvores, flores, batatas. Escrevi prosa, ensaio, dramaturgia e, depois do primeiro sucesso, tenho mais algumas peças em via de serem encenadas além de ter começado o projeto de um romance. Estava faltando só um quesito pra completar minha trilogia da imortalidade.

Deve ter um pouco de vaidade nisso de querer perpetuar meus genes, concordo. Principalmente depois que tive certeza de ter sido adotada, não corro o risco de espalhar o sangue malsão daquela família – o passado a gente carrega na sola do sapato. Pra completar, descobri que sou ótima em relacionamento interpessoal desde que o sujeito em questão fique na casa dele. Minha afabilidade é pra consumo externo. Quero poder ficar só, em paz.

Casar pra ter um filho é tão inimaginável pra mim como tomar chá de cogumelo ou saltar de bungee jump. Tampouco dei uma de louca. Não saí transando com forasteiros durante o Festival de Teatro pra descolar um doador quase anônimo. Preferi pagar – caro – pela porra (te imagino rindo agora, lendo esse palavrão).

Mas vou te contar: o tal material genético é coisa fina, importado dos EUA com direito a catálogo das características de cada um dos doadores de gametas masculinos. Prefeririria um canadense, mas você não imagina como eles amam burocracia. Já os americanos são tão pragmáticos. Só não vendem a mãe, mas os filhos...

Você deve estar estranhando essa nova Carolina, tão positiva e tão leve, né? É que a Ana morreu duas vezes. Você foi "testemunha" da minha primeira morte, envenenada por gás. A segunda foi naquele palco da Reitoria. Essa Carol que sou hoje, finalmente, é a Ana Carolina que eu sempre quis ser e, agora, posso.

Vou me abster de comentar contigo sobre todo o processo de fertilização, deselegante e invasivo. Minha cintura já era. Em compensação, o que a nossa mãe chamava de espinhas inflamadas viraram dois melões suculentos. Faz tempo que não uso enchimento nos sutiãs. O mais legal de tudo, Paul, é que você vai ser o "tio do céu" de um menino lindo. Porque vou ter um garoto, claro. Não me vejo como mãe de menina, sem chance.

Lembra da nossa primeira viagem pra praia, quando a gente viu o mar pela primeira vez? Você desceu correndo do ônibus, como se ainda fosse criança, descalçou suas botas, correu pela areia, abriu os braços e exclamou:

"Eu sou insignificante diante do mar, mas tudo o mais é. O meu fim vai ser aqui. É onde quero envelhecer. A praia que agora me coloca frente a frente com quem eu sempre quis ser, mas de quem, até então, não tinha me apropriado. É onde eu sempre quis viver, mas até hoje não sabia: de costas praquele lugar poeirento onde vivemos. É daqui que eu vim, tenho certeza, e é pra cá que eu vou voltar".

Toda vez que viajo pro litoral sinto tua presença ao meu lado, como se as camadas das nossas memórias, juntas,

*fossem resgatadas assim que piso na areia. Isso me ame-
niza a dor, me faz regurgitar aqueles gafanhotos esfo-
meados que beliscam minha laringe quando a saudade
de você me domina.*

*Não é algo que eu possa explicar, mas sei que você vol-
tou de vez pra praia, pro lugar onde você se livrava da
angústia que te travava a glote e dos pruridos da tua
alma. O único lugar onde os teus demônios eram desa-
comodados dos teus ombros.*

*Quero que o meu filho herde a tua lealdade, a tua de-
terminação e essa capacidade de sonhar que nunca des-
botou em você.*

*Ainda não te disse isso com todas as letras, mas eu te
amo pra sempre, meu irmão. E você vai ser o padrinho
celestial do moleque caso eu resolva batizá-lo em alguma religião. Sinto tanta falta dos abraços que nunca
trocamos. Queria tanto sentir, ao menos uma vez, teu
coração ressoando no meu peito, Paul.*

Com amor,

Ana Carolina.

Capítulo 15
Enfim, lar

Instantâneos de Ana

Curitiba, verão de 2024

Tinha sido cinco dias consecutivos de sol. Hoje estava nublado. Manhã de segunda-feira cinza. Que clichê. Algumas pessoas ficam deprimidas no domingo à noite. Durante o verão, as segundas-feiras são os dias mais tristes da semana pra mim.

Acordei horas antes de o alarme tocar. Os móveis já haviam sido transportados na tarde anterior. A mala estava feita há dias. O táxi deveria chegar às sete da manhã. Arranquei, dobrei com cuidado e embalei os lençóis da minha antiga cama – essa ficaria, junto com as más recordações. Peguei o restante da bagagem e tranquei a porta, como se não tivesse dormido aqui praticamente todos os dias durante os últimos anos da minha vida.

Partir nunca tinha sido tão fácil. Minha alma já havia deixado esse apartamento há muito pra trás. Agora, era tempo do meu corpo segui-la. Não era feliz aqui, mas pensar em me mudar, mais uma vez, me levava o sono. Isso era antes.

Agora é o presente, parto sem arrependimento ou compromisso. Sinto uma alegria justa ao conquistar minha casa e, num futuro breve, ter meu filho comigo – meu lar, minha família.

***

Eu sou eu e minha circunstância, e se não salvo a ela, não salvo a mim.

José Ortega Y Gasset

Agradecimentos e dedicatória

Obrigada,

Melissa Velludo, editora e livreira d' A Degustadora de Histórias, e Elaine Christina Mota, editora do selo Ópio Literário, pelo prêmio de "Melhor romance literário", concedido ao *Instantâneos de Anas*, pelas conversas divertidas via Meeting, pelas sugestões assertivas de edição, por apostarem nesse projeto e me desafiarem a escrever sempre melhor, e, principalmente, por amarem essa história e dedicarem tempo e carinho para tornar esse livro o mais lindo possível.

Paulo Venturelli, pela mentoria em algumas manhãs do inverno de 2023, pela leitura crítica, parecer e pela orelha/apresentação do "Instantâneos de Anas".

Marcio Renato dos Santos, criador do projeto "Ampliando

Horizontes", que, com os recursos do Programa de Apoio e Incentivo à Cultura, viabilizou essa mentoria na Casa de Leitura Miguel de Cervantes.

Marcelo Bourscheid e Paulo Sandrini, pelos debates na Casa da Leitura Manoel Carlos Karam nas tardes de sábado durante o outono e o inverno de 2023.

Cida Grecco, pela torcida e pela preparação de texto desse livro.

Johann Ioris, pela leitura das primeiras páginas, pelas sugestões inspiradas, mas, sobretudo, por me fazer acreditar no valor dessa história.

Agradeço a todas as pessoas que me confiaram suas memórias ao longo dos anos e agradeço imensamente a todos os amigos leitores que acompanham a minha trajetória desde o primeiro romance publicado, que me prestigiam investindo recursos financeiros na aquisição dos meus livros e, o mais importante, investindo seu tempo na leitura dos meus escritos, descobrindo subtextos que, às vezes, até pra mim passaram despercebidos. Sem vocês, não teria sentido eu escrever.

Dedico esse livro a todas as Sheilas, Musas, Amaras, Princesas, Helenas, Cidas, Laines; aos Emílios, Jeans, Leandros, Thiagos, Johanns, Alis, Brunos, Tonhos, Pauls, Dafnes e Anas. A todas as pessoas que, um dia, tenham tido sua dignidade desrespeitada por homofóbicos, transfóbicos, misóginos, racistas, seres da sombra, enfim, *Gente é para brilhar/que tudo mais vá para o inferno.*

Notas da autora

Em alguns capítulos desse romance, há citações literais ou menções de obras de Pedro Almodóvar, Alexander Pushkin, Luci Colin, Jota Quest, Nina George, Brisa Paim, Chico Buarque, Vladimir Maiakóvsky.

Capítulo 02 – "o lugar onde habito". *Pedro Almodóvar.*

– "o céu nos envia o hábito como substituto da felicidade". *Alexander Pushkin*

Capítulo 05 – "família católica em que todas as filhas eram Marias". *Luci Colin*

Capítulo 06 – "dias melhores, pra sempre" – *Jota Quest*

Capítulo 13 – "Por esse pão pra comer, por esse chão pra dormir
A certidão pra nascer e a concessão pra sorrir
Por me deixar respirar, por me deixar existir
Deus lhe pague". *Chico Buarque*

Capítulo 14 – "As pessoas precisam ver os mortos, queimá-los e espalhar suas cinzas, e depois, começar a contar suas histórias. Os mortos não deixam em paz quem não conta suas histórias." *Nina George*

– "o passado a gente carrega na sola do sapato". *Brisa Paim*

Agradecimentos e dedicatória – "Gente é para brilhar/que tudo mais vá para o inferno." *Vladimir Maiakóvsky*